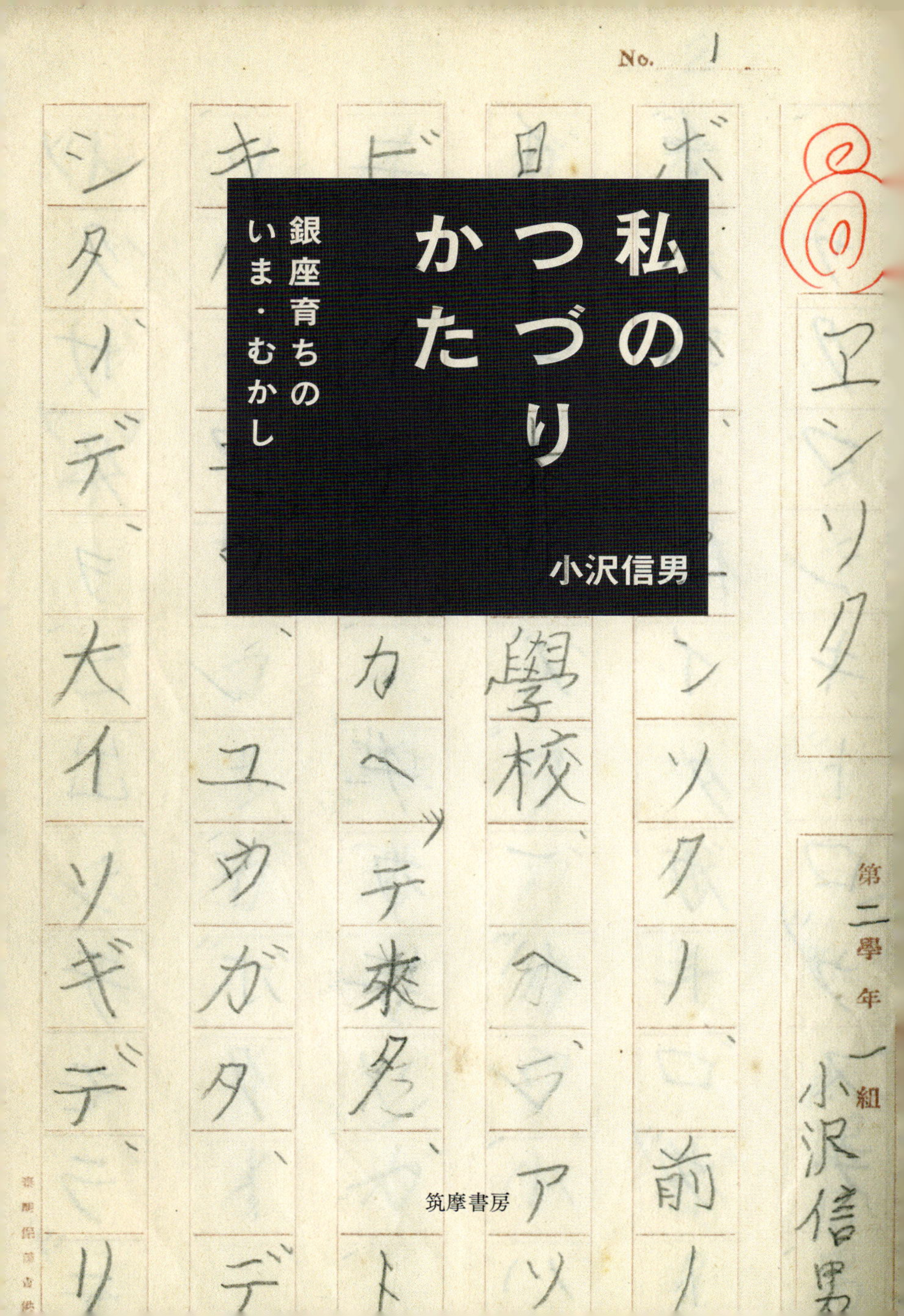

私のつづりかた

銀座育ちのいま・むかし

小沢信男

筑摩書房

2年1組の教室。右の壁の地図、赤い部分が当時の日本領。(62頁)

雨の中の登校。一年生のとき。(73頁)

小石川植物園への遠足。二年生のとき。(82頁)

銀座通りを行く海軍の軍楽隊。二年生のとき。(131頁)

正月三が日の人びと。三年生のとき。（149頁）

母、兄、弟。灯火管制の電灯下。六年生のとき。（170頁）

私のつづりかた——銀座育ちのいま・むかし

もくじ

1　シケンヤスミ

まず、小学二年生の綴《つづ》り方《かた》をおめにかけます。

ボクハ、シケンヤスミニ、ウチノ人ト、イナカヘ、イキマシタ、中デモ、一バン、オモシロカッタノハシンジュク、カラ、チユウオウセン、ニ、ノッテ、カツヌマ、マデ、イクウチニ、トンネル、ガ、四十一、アリマシタ、テイシヤバガ、十四アリマシタ、大月カラ、大ゼイ、ヘイタイサンガ、ノリマシタ、

いまは小学校の国語の課目に、作文があるのだろうか。むかしは読み方の課目の折々に、綴り方があった。おなじことだが、時が移れば呼び名も変わる。三月末の春休み、新学年へ進級する間の一週間ほどの休暇を、むかしは試験休みといったのでした。

右は、二年生になったばかりの、満年齢七歳の少年の綴り方です。やたらと読点が多いのは、ことばをならべて文にしてゆくことを、こうして習いおぼえる手始めだな。

少年は、中央本線の新宿駅から勝沼駅までの間のトンネルの数をかぞえた。暗いトンネルへ突っこむたびに、手帖に鉛筆で正の字をつくってゆく。それが八つと一本になって四十一と、数がかぞえられた達成感が「一バン、オモシロカッタ」らしい。人生の初歩とは、こういうものでしょうか。

大月駅から兵士たちが大ぜい乗りこんできたという。鉄道は明治このかた文明開化の牽引役と同時に、そもそも軍事施設の側面があって発達してきた。軍隊の移動にはとうぜん無賃で、一般客と相乗りもあったのですな。

そんな状景にもでくわしたこの綴り方が、書かれた時節は、昭和十年（1935）四月。場所は、東京市京橋区銀座西五丁目（現・東京都中央区銀座五丁目）の泰明《たいめい》小学校二年一組の教室。と確定できるのは、右の少年の名が小沢信男、なにを隠そう私自身でした。

試験休みに「ウチノ人ト、イナカヘ」行ったのは、母と、兄と、妹二人と、私の計五人です。勝沼駅にすぐ近くの、葡萄畑をもつ農家が母の実家で、休み中は泊まって従兄弟たちと遊ぶのが、例年の楽しみでした。

ほぼ八十年も前の綴り方が、ただいま八十六歳の私の眼前にある。それを忠実にひき写して右の通りです。さいわいに現存する、そのいきさつから申しあげます。

綴り方は、遠足とか、運動会とかの課題のときと、自由作文のときとあった。くばられた用紙に時間一杯に書いてだすと、つぎの読み方の時間に、担任の先生が赤鉛筆で二重丸や三重丸をつけて返してくれる。三重丸に二重丸をのせたダルマの五重丸もあり、ときおりそのダルマを私はもらった。ちなみに前記のは三重丸です。

綴り方は、たぶん二年生からはじまったので、その第一作を返すときに先生は、二ツ折りの茶色い綴じこみ用紙を配った。表紙に「私のつづりかた」と印刷されたそれを、先生に言われたとおりにそっくり父に渡したのでしょう。

以来父は、綴り方を持ち帰るたびに、二つの穴をあけ凧紐《たこひも》でかがってくれていた。おかげでこの学年中の十六本が、茶色い用紙に綴じこまれて現存する。「二年一組　小澤信男」という正字の署名も父の手で、凧紐の蝶結びも、当時の父が結んだそのままに。

わが家はそのころ、銀座の西のはずれの土橋《どばし》の袂《たもと》で、自動車四台持ちのハイヤー業を営んでいました。路上で客を拾うタクシー業にたいして、ハイヤー業は顧客の注文を受けて配車する。タクシーがその場の現金取引なら、ハイヤーは月末集金が慣例で、この業態は、現在も変わりはしません。

ふりの客の一見《いちげん》さんは、現に車が遊んでいてもお断りしていた。そのくせ、いつ注文が入るかわからない。朝、二階の寝床で目がさめたときも、夜にお休みなさいと寝床にもぐりこむときも、父は階下の事務所にいた。ほぼ一年中、そうなのでした。

夜中に便所へたつと、父も枕をならべているので、あぁやっぱり寝てるんだ。安心して便所の帰りに、父の寝床へもぐりこんでそのまま眠ってしまうこともありました。

一階は、車四台を入れるガレージと事務所が大半を占め、その奥に四畳半の宿直部屋、台所、便所などがある。二階は、八畳と六畳の二タ間きりの居住区で、やや大きめの物干し台がガレージの上にのるかたちであった。防火のためガレージも外壁も総トタン張りで雨が降りだすとやかましい家でした。

事務所は、隅の机が父の居場所で、その横に壁掛けの電話器がある。三和土《たたき》の床に小さく切った囲炉裏のまわりが、通いの運転手さんたちの溜まり場でした。

ときにお得意さまの芸者さんも、新聞記者さんもたちよれば、物売りや、物乞いや、お巡《まわ》りさんもくる。ここでにぎやかに世間話がもりあがっているのは、家業がひまな証拠なので、車も人も出払ってがらんとしていれば忙しいのでしょうが。子供の印象としては逆におもえた。

そもそもわが家の玄関口も兼ねていて、登校も下校もここを通る。この事務所の明け暮れの様子が、幼い私はわりあい好きでした。

父は、山梨県の甲府盆地をみおろす峠のようなところの農家の末っ子に生まれ育った。やがて単身上京して、新聞配達をしながら大森の自動車学校に通い、営業車用の運転免許証第1224号を、大正九年ごろに取得した。そのころは東京市中に営業車が運転できる人が、千二百人ほどしかいなかったわけですなぁ。

大正十二年（1923）の関東大震災のときは、自動車商会の雇われ運転手で、新婚まもなかった。それからが復興の気運に乗じた。ほどなく一台持ちの運転手となり、同様な一台持ちの仲間四人で、大正十三年十一月に虎屋自動車合資会社を設立する。虎は千里を行って千里を帰る。ぶじ運行のおまじないのような屋号です。

ところがそこへ恐慌がきた。その昭和二年（1927）に私は生まれたのですが。不景気のさなかに仲間がつぎつぎに脱落。その車を借金しながら買いとって、ついに四台持ちの営業主となりました。

そのころに私はものごころがついたので、世の中はこういうものと受けとっていたけれども。おもえば父は、奮闘努力の来し方であったのだな。昭和十年、三十七歳のそのころもさぞや日々多忙であったろうに、小倅《こせがれ》の綴り方を、千枚通しで穴をあけ紐を通して、よくぞ綴じこんでおいてくれたものです。

父には整頓癖がありました。事務所の戸棚には修繕用の工具類が、ねじ回しやスパナやペンチなどが行儀よく整列していた。たぶんその伝《でん》だ。もしもその後の学年でも綴じこみ用紙が配られたら、六年生の綴り方まで残ったかもしれないが、それはなかった。図画は、一年生のクレヨン画から六年生の水彩画まで、たぶん飛び飛びながら無造作に綴じられて現存する。いま見なおすと、一年生のが奔放でおもしろく、上級になるほどにただの写生になる。


昭和十二年（1937）七月に、日中戦争がはじまる。当時は支那《しな》事変といっていた。たちまちガソリン欠乏で商売がやっていられない。お米とともに統制されて、銀座や木挽町《こびきちょう》一帯の自動車屋が合併して会社となった。その会社が会社を吸収合併して大会社へ。そうしてこんにちの自動車業界へ発展してゆくのですが。

ともあれ父は、にわかに会社員となった。ガレージはがら空き。たまに廃車かクラシックカーの置き場になるくらいで、もう銀座にいる必要がない。

昭和十六年の夏に、郊外住宅地の世田谷区代田二丁目へ引っ越した。そのときに私は中学二年生でした。

わが家のあたりは空襲もまぬがれて、昭和二十年（１９４５）八月の敗戦をむかえた。そのごに私自身は居場所を多少は転々とする時期もありましたが。そんなわけで綴り方も図画も、代田の父の家の戸棚に、ながらく保管されてきた。ようやく夫婦二人きりの小さな世帯をもつようになって、手許へもらいうけてきた。そしてこんにちに至り、ただいま眼前にある次第です。

この十六本の綴り方を、これより順次にご紹介してまいろう。ざっと八十年前の満七歳児の文章なんて、さながら他人事ですよ。それなりに、当時の小さな記録ではあるだろう。読みかえせば、まざまざと蘇るものもある。つられておもいうかぶあれやこれやを、いっそ気儘《きまま》に語ってゆこう。おつきあいいただければ幸いです。

では第二作へ。

一年一組オザワノブヲが、たぶん入学して最初に描いた図画です。
いきなりそれが自動車とは。つまりソラでも描ける画材なのだな。上級生の兄がいて、わが家にクレヨンも画用紙もあればとっくにいたずら描きはしていた。親にねだって夜店で買ってもらう塗絵を、いろいろな色に塗るのも好きなガキでした。
一見ポンコツ車のようだけれど。絵がへたくそなまでで、当時はこういうタイヤの車もあり、むしろクラシックとお察しください。
自動車屋のこの小倅が、二年生三年生と描いていった図画の数々を、おいおいご披露して参ります。へたなりにけっこう腕をあげていくさまなどを、お笑いぐさまでに。

2　ツマラナイ

昭和十年の春に小学二年生になった少年の、綴り方第二作です。

ボクハ、ツマラナイノデ、タタミノ、トコロデ、ネコロンデ、ヰルト、オカアサンガ、ソンナニ、タイクツナラ外ヘ、イツテキナサイトイッタ、ボクハ、外ヘ、イッタガ、ツマラナイノデ、トナリノ、カツミクンヲ、ヨビニイッタガ、ドッカヘ、イッタ、ヨウデ、ヰナカッタ、ボクハ、ツマラナイノデ、マタ、ウチノナカヘ、ハイッテイッタ。

これも自由作文ではあるな。なんでもいいから、ちかごろ楽しかったこととか、よくおぼえていることを書いてごらん。というふうな先生の指導があってとりくむものでしょう。その証拠に第一作の「シケンヤスミ」は「一バン、オモシロカッタ」ことから書き起こしている。ところがいきなり「ツマラナイ」とは？

全十六本の綴り方のうちで、正直、いちばんつまらない。それがいきなり二番目で恐縮です。だが。おもえばこれらが人生最初の自由作文ではないか。二年一組の教室で、そのときいちばん書きたいのが、このことだった！

そうなんです。いいようもない、母も汲みとってくれないあのときの気持こそが、いちばんいいたい。もだえる気分で鉛筆にぎって、半ペラ十二字六行の綴り方用紙にむかっていたのを、かなり後年まで、思いだせた気がします。おりおりこの綴り方の束を見るたびに復習していたあんばいで。八十年後のいまも、ほのかに見当ぐらいはつく。

幼い体中に満ちてくるなにかがあって、いっそ畳にぶっ倒れ、じたばたしていたのだな。母親にさえ「ソンナニ、タイクツ」としかみえなくても、当人はそれどころでなかった。だがこの七歳児の気持を、その後に相応の言葉数はおぼえたはずの私が、どれほど代弁できるだろうか。

たとえばの話、存在の不安とか、実存的苦悩とか。そのてのものが七歳児にあってなんのふしぎがあろうか。それにしても、あぁ、言葉ないし文字という道具は、しょせん貝殻で海の水を掬《すく》うようなことだろうか。七歳児はこのとき「ツマラナイ」という貝殻で、いうにいえないなにかを、懸命に掬いとろうとしていたのだと存じます。

さて、実存少年は、戸外へ出る。表通りは、16番の市電がチンチン走る並木道でした。当時は、銀座八丁をぐるりと堀がとりまいていた。西の端のここらには、土橋という堅牢な石の橋がかかっていた。市電は、この橋を渡って左へ曲がったところが終点で、土橋停留所といった。この16番の行き先は、たしか大塚だったが、そんな遠くへまで乗っていったことはついぞない。おおかた土橋界隈を駆けずりまわって育ったのでした。

この堀が区境いで、こちらが京橋区、あちらが芝区。土橋のこちらの袂に交番。あちらの袂にお台場行きの舟の発着所がありました。十人も乗れば満杯の小さなポンポン蒸気船で、築地魚市場と浜離宮の石垣の間から、じきに海へでる。けっこう波に上下して、お台場へつくとホッとする。スリリングな乗り物でした。

堀の水面には、ぷくぷくとメタンガスの泡がふいていた。上げ潮引き潮の流れぐらいしかなくて泥が溜まりこむ。ときおり浚渫船《しゅんせつせん》がやってきて、クレーンのような機械を上げ下ろしては底の泥を掬いあげる。堀端の手摺につかまって、その様子をながめているのが、けっこう飽きないのでした。

銀座八丁をめぐる堀がすっかり消えたのは、昭和三十九年（1964）の東京オリンピックのおかげです。外来のお客様をおもてなしの首都大改造と称して、埋め立てられた堀の、長い長い屋上が東京高速道路となり、その下がさまざまな商店街とはなった。

そうしてこんにちに至るので、土橋も高速道路の下の暗い通路になりはてた。ぐぐって銀座の西の端へ歩み入れば、全面鏡のようなガラス張りのスマートな建物がそびえている。リクルートGINZA8ビルです。

わがふるさとです、ここが。このビルが占めている地所に、当時は、二十軒余りの家々が背中合わせに建ちならんでいた。おおむね木造二階家で、三〜四階程度のビルも多少あった。家々に人が住み、さまざまな商いをして、子どもたちもうじゃうじゃいたのでした。そこがいまや、ただ一棟のリクルートビルだ。なんとも様変わり。

ではあるが、いっこうに変わらない面もある。銀座八丁の道筋は変わらない。大正十二年九月の関東大震災後に、首都復興計画で区画整理されてより、昭和通り、晴海通りの縦横十文字をはじめ、どの道筋も道幅も、ほぼまったくそのままです。

土橋は、街路面よりもやや高く架けられていた。子どもの身丈にはみあげるほどだった端詰の傾斜が、大人の身にはさほどでないが現にあって、歩み下って銀座へ入る感じに変わりはない。坦《たん》と延びる外堀通りに、市電の影もなく、両側に背高ビルが櫛比してはいながら。歩けばやはり、むかしながらの通学路、勝手知った気分になります。

ちかごろは記憶力とみに衰え、一昨日のことさえ忘れるしまつなのに、近年が薄らぐぶんだけ原初がよみがえるのか。あの西八丁目界隈を思い起こせば、リクルートビルなどはたちまち消えて、浮かぶのは裏表二十余軒の面影です。

では、土橋の袂の西の端から、順に申しあげます。まずガソリンスタンドが、角地を広くみせていた。赤い給油塔が一本立っていて、客の車がくると、塔の上部のガラス筒へ五ガロンのガソリンを噴きあげる。その分をホースで車のタンクへ注ぐので、お客は目に見えて納得する仕掛け。その一部始終を眺めるのも、けっこう飽きないのでした。

その隣は煙草屋で、白い顔の無口そうなおじさんが坐っていた。近所の噂では、ヤツは肺病だから子どもらは近寄るな。聞けばおそろしくて、煙草屋の前は息をつめて走りぬけたりしました。

その隣は二軒つなぎの二階家で、向かって右は印刷関係のただの事務所。真ん中に二階の大家さんの住まいへあがる階段があり。向かって左が松竹理髪店。店主は、松竹撮影所の理髪係をしていたとかで、それが店名の由来。「トナリノ、カツミクン」は、この家の子です。

つまりその隣が、虎屋自動車商会、わが家でした。リクルートGINZA8ビルの、ほぼ玄関口のあたりになります。

松竹店主のカツミの父親は、大柄な陽気な人で、よほど店がヒマになると、わが家へきて「おい坊主、髪がのびてるぞ」。連れていかれて椅子に坐らされ、バリカンで坊主刈りにされる。そして「はい、この通り」。小柄な父は「しょうがねぇなぁ」苦笑いしながら代金を払うのでした。

カツミは、この理髪店の長男で、妹たちがいた。学年は違って、私より一つ年上だったかな。父親に似ずおとなしく、いくじなしのようで、そうでもないようで。なにしろ隣り同士、いちばんの仲好しででした。

身のまわりに、日々に飽きないことがいろいろとあったのに、なんで「ツマラナイ」のだったのか。やっぱり存在の不安のごときものに向きあっていたのでしょう。このときもしもカツミがいたら、ひょっとして……。この項、次章へつづく、です。

　上掲の絵は、小学一年生のときの作品で、かなり大胆なデフォルメがあります。

　第一に、トラヤとトコヤの並びが逆で、事実は、松竹理髪店が向かって右、虎屋自動車商会が左でした。

　看板も、漢字の右横書きでした。片仮名でトコヤなどとは書くものか。

　そもそもトラヤタクシーとはなにごとぞ。わが家はハイヤー業で、それは第1章で申し述べた通りです。

　この六歳児は、まだなにもわかっちゃいない。

　しかも二階家を三階建てにしたり、やりたい放題みたいな絵ですが。

　そのくせ、トラヤもトコヤも、まさにこんなふうな店の構えではありました。

　お日さまサンサン、とんびが空を舞う日もあった。

3　カツミ

それにしても、カツミクンなんて呼んでいたかな？　近所ではみんな、ちゃん付けで名前を呼びあっていました。たいてい兄弟ぐるみで、苗字などは役に立たない。業種で呼ぶことはあった。床屋のカツミちゃんとか、虎屋のノブオちゃんとか。魚屋のカッコちゃんときたらおてんばで、縄飛びは巧いし、自転車の手放し乗りもやってのける。それでいて歳下の子たちに優しくて、界隈一のヒロインでした。

学校では、クラスのみんなが、苗字をクン付けで呼びあった。住まいは銀座八丁に散らばっていて、学区外から来ている子もけっこういた。赤坂の菓子舗虎屋の子の黒川クンも、木挽町の佃煮屋貝新の子の水谷クンも、たぶん銀座通りに支店があるのを口実に。地元の子たちと、学校友だちと、二つの交際圏があって、低学年のころは地元が主だが、進級につれて学校友だちが大事になる。そんななりゆきでした。

綴り方は学校で書いているので、カツミクンと、ちょっと体裁をつけたのだな。

地元の往時の面影を、前章につづけて申しあげれば。わが家の横には、自転車が楽に通れる広い露地が、裏通りまで突きぬけていた。一見は遊び場むきのようだが、地べたが土で蠟石《ろうせき》が使えない。おもな遊び場は裏通りでした。

その露地をはさんだお隣が、大塚自転車店。狭い店内に売り物の自転車が、天井からも吊り下がっていた。子どもは女の子ばかりがごちゃごちゃいた。大塚さんは茨城の出身で、若い店員を郷里から呼ぶらしかった。

わが家でも、住み込みの助手はたいていてい縁故の山梨からきた。働きながら、試験を受けて、やがて免許証をとる。運転手となれば、おおかたよそで働くのでした。

カツミの家は、たしか千葉が故郷でした。お彼岸には、自家製のお萩を、お裾分けしあう。ははぁ、ヤツの田舎じゃこんな造りか、などと父は品評していたが。近県出身の、年ごろも似た同士の、両隣のつきあいでした。

大塚自転車店の向こう隣は、洋食屋で、年中コック姿の太った店主は、近所と折れ合いがわるかった。再々そこらで口論しているうちに、ふいに引っ越し。あとは改造して三壺堂《さんこどう》という書店になった。

父は、毎月の「主婦の友」と「少年倶楽部」を、この店から届けさせていたのかな。事務所の棚には「キング」や「日の出」や、挿絵つきの仏教説話本などもあった。雑誌も本もおおかた総ルビだったので、私は手あたり次第に読んでいました。

三壺堂の隣は、奥山商会という小型のビルで、女の子が一人いた。

その隣のビルは間口が広くて、一階が「たくみ」。民芸品店でした。ここに、たくさんの菰包《こもつつ》みの荷が運びこまれたのを、たしかに見た記憶がある。大きな瀬戸物屋が新しくできたのに、父も母も関心がなくて、わが家の日用品とは物がちがうらしかった。記録によれば、柳宗悦《やなぎむねよし》たちによる創業は昭和八年とある。してみればあれは、学齢前の記憶なのだ。

この「たくみ」は一区劃《くかく》北へ移って、間口はやや狭くなった感じだが、現にご盛業です。往時の面影が、こうしてどこかに片鱗のようには残っている。

「たくみ」の隣はそば屋で、利久庵といったかな。泣き虫の女の子がいた。

その脇に、やはり幅広の露地が裏通りへ抜けていた。この露地いっぱいまでがリクルートビルになった。その先は、当時もいまも事務所ビルです。

裏通りへゆきます。土橋の側から、ガソリンスタンドと並びの角は、正金商事という三階建ての事務所ビル。

その隣は、小体《こてい》な二階家の芸者置屋で、屋号が中恵比寿《なかえびす》。テリア種の細くて白い犬がいました。

その隣が、金融業の木田さんの家で、玄関も庇《ひさし》も和風ながらビル仕立て。界隈一のお金持ちという噂でした。わが家とは背中合わせで、夏に二階の裏窓をあけると、あちらの上等そうな二階座敷が丸見えに覗けました。

広い露地をはさんだ隣は、木造二階建ての大きな旅館で、玄関脇に狸の置物があった。その先は、小料理屋が何軒かならび、夕刻ちかくに戸口に盛り塩をする。

その先にカッコちゃんの魚屋。さらにその先の経師屋《きょうじ》にも、かわいい女の子がいました。

この裏通りには、物売りもいろいろきた。豆腐屋のラッパ。煮豆屋の振り鐘。煙管《きせる》掃除の羅宇《らう》屋の汽笛。そして紙芝居屋の拍子木。

紙芝居屋は、背広の優男ふうのおじさんだったのが、あるときから法被《はっぴ》でがに股のこわそうなおじさんになり、セリフ回しもがらりと変わった。気にくわないが毎日みているうちに慣れてしまった。自転車を立てる場所は、ときどき移動し、そのうち経師屋の向かいの料理屋の、白壁の脇が常場所になった。

そのならびに、黒板塀の家もあった。この家にふしぎな女の子がいて、ときたま門の脇で、子どもらが遊び騒ぐのをつまらなそうにみくだしている。ある夏、鎌倉で、大きな別荘の前を通りかかると、「ノブオちゃん」と声がして、その子が庭にいるではないか。呼びこまれてしばらく立ち話をしたが、一方的なお喋りやさんで、こっちは息もつけぬほどにたまげていた。あれは小学四年生のころです。

以上、女の子のお噂ばかりで恐縮ですが、はるか彼方からよみがえる記憶が、こうなんだから致しかたない。

もちろん男の子たちもいたのだが、同年配はカツミだけでした。頭でっかちの、手足はかぼそい子で、たぶん私もご同様の、似たもの同士だったかな。

遊びには私のほうが熱中した。馬跳びや押しくらまんじゅうに汗をかいていると、カツミがいない。よく雲隠れする子で、いくじなしみたいで、そうでもないのでした。

わが家では、母から毎日一銭玉の小遣いをもらって、紙芝居に使う。水飴などを買って舐《な》めながら、冒険物、人情物などの二本立ての続き物をみる。クイズ番組もある。あとはいつも無一文。山王さんのお祭りには五銭玉がもらえて感激でした。

その穴あきの五銭白銅貨を、ときにカツミはポケットに忍ばせていた。それだけあればお祭りのようなものだが、いったいなにに使うのかときくと、グランドキネマへゆくのだという。五銭で二本立てが見られる、チャンバラものなんかスゴいぞぉ。

その映画館は、銀座通りも、八丁堀も、昭和通りさえも越えた、はるかむこうにあるのだという。ふーん。そんな遠くへ、ひとりで行き来するなんて、冒険少年みたいではないか。


わが家では、新橋の松竹キネマ館へ母に連れられてよく行った。当時は活動写真ともいっていた。チャップリンの「モダンタイムス」は「流線型時代」という題名で、銀座通り八丁目の銀座シネマで、兄と一緒に見た。一番前の席で見あげて、首が痛くなった。

土橋のならびの橋を難波橋《なんばばし》といい、並木通りへ入る角が十五銀行。そのさきの中通りの角に、全線座ができたのが昭和十三年四月のこと。西洋のお城のような尖塔のある映画館でした。そのこけら落としが「大平原」で、その次が「オーケストラの少女」だったかな。兄が芝商業学校二年生に、私が小学五年生にぶじ進級したお祝いに、渋い父から入場料をもらって見た。こういう交渉は兄のお手柄で、次男の私は見たい見たいとせがんでいればよかった。

映画は保護者同伴で見るものだ。デパートへゆくのも、夜店をひやかすのも、たいてい誰かと一緒だ。カツミはたった一人で、しかも五銭玉は、帳場から勝手にくすねるらしかった。月末集金のわが家とちがい、日銭が入る理髪店では、度胸次第らしいのでした。

グランドキネマ。五銭で映画が二本見られるカツミの楽園は、巷《ちまた》にひそむ桃源郷のイメージでした。現実にどこにあったのか、後年にたしかめ、あらためておどろいた。銀座八丁の東には、木挽町がやはり八丁あった。八丁堀がその境でした。現在は両町を一つにまとめて銀座八丁です。その東が築地で、境の掘割が、いまは空堀の首都高速都心環状線。たえまない車の流れです。築地一丁目の中央区役所の前は堀がT字型で、三つ叉の三吉橋《みよしばし》が架かる。この西の端詰の木挽町一丁目に、それはあった。銀座の西の端から木挽町の東の端まで、大人の足でもかなりの道程ですよ。この巷のジャングルを十歳児が、単独踏破してのけていたとは！

グランドキネマの経営者は、大蔵貢《おおくらみつぎ》であった。この人は、無声映画時代の活動弁士で、トーキー時代がくると映画館の経営者となり、戦後は新東宝の社長にもなった。徹底して大衆通俗路線をつらぬき、毀誉褒貶《きよほうへん》の多い人であった。

五銭で二本立てのこの楽園を、カツミはどうして知ったのか。松竹理髪店の若い店員さんにまずは連れていかれたのにちがいない。私がはじめて上野の不忍池でボートを漕いだのも、休日の運転手さんに連れられていったので、おおかたご同様のはずです。
それにしても。あの頭でっかちのかぼそい子は、そのまま不逞児であったのだな。
後年、この幼なじみをテーマに一篇の詩を書いた。旧作ながら、再録します。

よそゆきになった友達

床屋のかつみは学校からもどると
五銭つかんで活動をみにいった
日暮れて帰ると　おやじさんに耳をぶたれた
それしきの折檻でくじけるなと
鞍馬天狗や丹下左膳が呼んでいるそうだった
だからこりずに隣り町のシネマ館へ
ひとりで橋を渡ってゆくのだった

かつみは学校をでると
遠い川向こうへ奉公にやられた

けれどもじきに帰ってきた
ご同業の床屋の店で
高下駄はいて修業してきたそうだった
それからまた奉公にやらされた
また帰ってきて　またいなくなった

何度目かに帰ってきたとき
かつみは髪をのばしていた
おとなむきの短靴なんかはいちゃって
まぶしいよそゆきのことばで挨拶した

3　カツミ

上掲の絵は、小学二年生のときの作で、右からわが家、広い露地、自転車屋、洋食屋と、このとおりの家並びでした。前章の一年生の絵よりも、かなり一気に写実的だ。

わが家のト・ラ・ヤの看板の実体は、道の左右からみえるように三角に突きだし、両面が白ガラス張りで、日暮れには灯りを点《とも》した。上半分が屋上へ突きでていたのだが、それを無造作に屋上へ乗せて描いています。

お隣は、自転車を天井にも吊していて、自転車屋さんの店構えは現在もまったくご同様ですな。いや、昨今はサドルを上に吊すが、この絵では逆さまだ。この二年生はデフォルメの癖があって油断はならぬが、じじつこうだからこう描いた、のではなかろうか。とすれば、これも市井の一記録ではあります。

そして当時の紳士たちは、帽子とステッキが身嗜《みだしな》みでした。

4　花デンシャ

コノアヒダ、ウチノ人ト、花デンシャヲ、見ニイキマシタガ、人ガ大ゼイ、ヰルノデ、一バン、前ヘ、イッテ、見テ、ヰルウチニ、オ父サンガ、ウシロノ方ガ、ヨクミヘルト、イヒマシタ、ノデ、ボクハ、ウシロヘ、イキマシタラ、見ヘナイノデ、オ父サンニ、ボク見ヘナイ、ト、イヒマシタラ、オ父サンガ、ソンナラオブッテ、ヤラウ、ト、オッシヤッテ、ボクヲ、オブッテ、見セテクレマシタノデ、ヨク、見ヘマシタ、花デンシヤヲ、カゾヱテ見タラ、十ダイ、アリマシタ、ソノウチ、一バン、キレイナノハ、一バン、ウシロノデシタ、クヂャクガ、ハネヲ、ヒロゲテヰル、トコロデシタ、カヘリニ、花デンシヤノ、ヱハガキヤ、マンシュウ國ノ、クワウテイヘイクワ、ノ、ヱハガキヲ、カッテ、カヘッテ、キマシタ、

泰明小学校二年一組小沢信男の、綴り方第三作です。

まず表記について。ヰル、見ヘマシタ、カゾヱテのヰ、ヘ、ヱには脇に赤鉛筆で×が

ついている。先生にチェックされ書き直しているので、もとはイル、見エマシタ、カゾエテと書いたのだな。しかし直すならカゾヘテなのに、またまちがえている。

先生のチェックにも見落としはあって、クワウテイヘイクワは正しくはヘイカだろう。しかし皇帝がクワウテイとくれば、陛下だってヘイクワとなりそうな気はしますなぁ。

以下、見落としも、直しまちがえも、そのままに写しとります。歴史的仮名づかいを往年の児童が習いおぼえる試行錯誤の一例として。ただし、十六本の綴り方の最後まで、キルのキには赤×がついている。この二年生は何度直されようが「居る」は「イル」と書いて、×をもらいつづけたらしいのでした。

花電車は、いまもないではないようだ。市街電車が東京中からほぼ消えてしまって、唯一のこる都電荒川線に、先年、なんの祝いか花電車が通るのを、大塚あたりでたまたま見た。ふだんの車両を改良した飾りつけでした。往年は、あんなものではなかった。なにしろ路線は四通八達、片道七銭で乗り換えが効いて、早朝割引は往復九銭。レールの総延長がざっと二百キロメートル。市民の足の花形の時代ですよ。世に慶祝のことがあるならば、それ専用の平らな台車に盛りあげて飾り、ポールを立て、運転席はむきだしで、五台も十台も連なって都大路をゆらゆら練ってゆく。沿道は見物の人垣で埋まった。

記録によれば明治大正期から、例年のように繰りだしたらしい。昭和十年前後の運行記録は、次の通りです。

1、皇太子殿下御誕生奉祝花電車15輌　昭和8年12月28〜30日
2、満州国皇帝陛下御来朝記念花電車10輌　昭和10年4月6〜8日
3、観光祭記念花電車5輌　昭和11年4月18〜24日
4、東京市電気局二十五周年記念花電車7輌　昭和11年10月1〜3日
5、新議事堂竣工祝賀花電車5輌　昭和11年11月7〜9日
6、紀元二千六百年奉祝記念花電車5輌　昭和15年10〜11、13〜15日

昭和十一年には三回も出て、例外的に多かった。東京市電気局は、そもそも民営の電鉄、街鉄《がいてつ》、外堀線と呼ばれてきた市街電車三社を、明治四十四年（1911）に市が買収して、元締めの電気局を設立した。以来「市電」が通称となる。二十周年にも五輌をだし、このたびは七輌。手前味噌みたいな花電車です。

この翌年から支那事変（日中戦争）に突入して、以後は自粛したのだな。紀元二千六百

年の大祝祭にも、わずか五輌だ。これを最後に花電車は中止となった。

以上六回のうち二番目の「カゾヱテ見タラ、十ダイ」だった花電車の見物記録です。昭和十年（1935）四月六日、満州国皇帝は横浜港に上陸し、特別列車で東京駅に到着、プラットホームで昭和天皇の出迎えをうけた。そして駅舎中央の貴賓専用口から、たぶんオープンカーで赤坂離宮にむかったのだろう。それを駅前で歓迎の人垣のなかに、父とともにいたのでした。

おなじ日に、花電車も見たにちがいないではないか。とすれば場所は堀端の電車道だ。

「コノアヒダ」とは、四月六日だ。してみるとこれを書いたのも四月中でしょう。しかし、学期はじめの月に綴り方を、三本もつづけて書かされたものだろうか。二作目の「ツマラナイ」と順序が逆かもしれません。

多忙な父は、二、三本まとめて綴じることもあったのだろう。そのさいの多少の順不同は、いまさら調整しかねるので、これもこのまんまで参ります。

父は多忙ながらも物見高い人で、処々方々へ家族連れでよくでかけた。深川の清澄《きよすみ》庭園や、小石川後楽園の庭園や、両国国技館の菊人形展へ、営業用の車に家族を乗せてゆく。このとき年中無休の家業は、番頭格の山口さんという古参の運転手に任せてゆく。

旧芝離宮《しばりきゅう》庭園の、青い芝生に小学生の兄と寝ころんで、わくわくするほど楽しかった。学齢前のこんな一齣の情景が、いまもほのかに浮かぶ。芝生の私らや、池畔《ちはん》にたたずむ日傘の母を、父はカメラで撮った。あれは日曜日で、父はモダン紳士を気取ったのだな。日曜は家業もヒマだったとみえます。

旧芝離宮庭園の開園は大正十三年（1924）四月で、震災復興事業の一つでした。清澄庭園は昭和七年（1932）四月に、後楽園庭園は昭和十三年（1938）四月に開園した。皇室や財閥や官営工場の専有だったのが、つぎつぎに一般市民に開放されてゆく。震災後の昭和は、そういう時節でもあったのでした。

父はそのたびにさっそく出かけた。家族サービスを兼ねながら、新名所への道筋をたしかめる、営業の必要もあったのでしょう。

後年、私自身が東京の諸処を歩きまわる身になって、再々おどろきました。あぁ、ここもオヤジと来ているぞ。愛宕山《あたごやま》。早稲田の穴八幡。深川不動尊。……

さてそこで、綴り方にもどります。

「ウチノ人ト」見にいったので、やはり家族総出だったのか。運転手つきの車できて、車はすぐ返す。もどりは市電か省線電車か。そんな場合もままありました。

　まずは、花電車を待ちかまえて、堀端の人垣に入りこむ。子どもらは最前列へ出る権利があるから、父は、兄を中心にならばせて、自分は遠慮して後列へさがったのだ。

　そのときに私は、父にしがみついて一緒にうしろへ行ったのだな。案の定なにもみえない。駄々をこねて父に背負ってもらうことに成功した。兄妹は最前列に控えているのに。賢兄愚弟の図。それがうれしくて、うしろめたい。というのがこの一文の主題らしくて、くどくどと歯切れがわるいのもそのせいだ。常習犯的お父さん子の弁解でした。

　花電車が通過して、群衆は、駅前の沿道へ移動する。皇帝ご乗車の通過をながめて解散する。エハガキは、その場で、つまり東京中央郵便局前で買ったのだな。

　この局舎は、昭和四年八月の落成で、耐震構造のみごとなビルという定説でした。できて六年目ぐらいの、これも新風景だった。

　先年、その大部分を超高層ビルに建て替えたが、駅前広場に面する部分はそっくり面影を残して、商業施設ＫＩＴＴＥとなった。民営化の商売熱心ながら。往年の逓信省《ていしん》だって、局員たちに屋台を張らせてエハガキを売り立てる商売気はあったのでしょう。

　あのころはエハガキの全盛期でもあったのか。皇帝来日の日に、そのエハガキを売り出す。すばやい視覚情報でした。わが家の小さな本棚の抽出《ひきだ》しに、そのてのエハガキが、溢れるほどに詰まっていたのだが。あれらは、どこへ消えてしまったのだろう。

旧芝離宮庭園で撮ったこの写真は、おそらく昭和八年（１９３３）六月の撮影です。なぜならば。

左の垂れ目で味噌っ歯のガキは、服も帽子もみるからに学齢前だ。昭和二年生まれは昭和九年に就学なので、その前年となります。

してみると右の兄は、三つ年上だから小学三年生で、学帽の星印が泰明小学校の校章です。当時は六月一日からいっせいに夏服に衣替えした。帽子には白いカバーをかぶせ、それが新品みたいではありませんか。

七月、八月の夏の盛りなら、半袖シャツにもなっていただろう。右の推定となる次第です。

このとき兄は、手帳に人のかたちを描いていた。胴体に手足をつけて、これが隣りのタケちゃんで、これがノブオで。それを笑って覗いていると、

「こっちを向いて」

と声がして、六月の芝生のむこうにかがみこんだ父が、カメラを構えていたのでした。

5　トホクワイ

ベントウガ、スンデカラ、センセイガ、コレカラ、日枝神社へ、トホクワイ、ニ、イキマス、ト、イヒマシタ、ミンナガ、ボウシ、ヲ、トリニ、イッタ、ソシテ、ウンドウバノ、松ノ木、ノ、所、ニ、ミンナアツマッタ、ソシテ、校長センセイニ、レイ、ヲ、シテ、デカケタ、山下橋ヲ、ワタッテ、王クン、ノ、ウチ、ノ、前ヲ、トホッテ、コンドハ、中澤君、ノ、ウチノ、前ヲ、トホッテ、ヒビヤコウヱンヲ、トホリヌケテ、デンシャミチ、ヲ、トホッテ、マタ、マッスグ、イクト、センセイガ、ココデ、ヒトヤスミ、シマス、ト、オッシャッタノデ、ソコデ、ヒトヤスミ、シマシタ、

泰明小学校二年一組小沢信男の、綴り方第四作の前半です。この調子で改行もなしにつづくので、とりあえず小休止のところで区切って申しあげます。

タイトルは、徒歩会。歴史的かなづかいはむずかしい。先生に教わったままにト・

ホ・ク・ワ・イと、この二年生は書いたのでしょう。徒歩会は、折々にありました。町場の子は運動量がすくないので、体位向上のために。二年生になって、これが第一回目。昼食後に、廊下の帽子掛けから帽子をとって、ランドセルは置いたまま出かけるのが、めずらしかったのだ。

校庭は全面コンクリート打ちながら、校舎の裾に一部、細長い植込みがあり、根づいた蔦が、三階建ての壁にどんどん枝を這わせていた。その植込みに、松の木が一本あったのだな。そのあたりに、二年一組、二組、三組の総勢百二十名ほどが集合した。

いざ出発。上履きと履きかえる靴箱がならぶ玄関口から、みゆき通りへ出て、右へ。すぐの外堀に架かるのが山下橋。

この外堀も橋も、江戸切絵図に描かれています。江戸が亡んだ慶応四年（1868）から六十七年目。あたりは激変しつつも、旧跡もそれなりに現役なのでした。この堀が埋め立てられたのは、さきにも申しあげたが昭和三十九年（1964）の東京オリンピックの時です。

その山下橋をわたり、鉄道の煉瓦《れんが》造りのガードをくぐれば、麹町《こうじまち》区。ゆくての左に帝国ホテル、右に東京宝塚劇場と、有名な建物があるのに、この二年生はてまえの小さな店々に注目する。まず王クンの家。中華料理屋で、当時は支那料理屋といった。

　王クンは活発な少年で、クラスで人気者のほうでした。ときにニンニクの臭いがして、たじたじだったが。いつとなく居なくなった。昭和十二年七月に支那事変がはじまったとき、われらは四年生でした。そのころに王クン一家は当地を立ち去ったのでしょう。


　そのならびの店々は、浮世絵や骨董を商っていて、間口は狭いながら、帝国ホテルの外人客や、宝塚少女歌劇団の袴姿のスターたちが冷やかしていた。その一軒が中沢版画店。中沢クンはそこの御曹司でした。

　泰明小学校は京橋区で、ここらは麴町区だから学区がちがったはずだけれど、せっかく目の前に学校があるのだもの。便法をもちいて越境の子たちが、けっこういました。

　中沢クンは小太りの、やはり活発な少年でした。戦後に長じて当主となるや、いよいよ快活な事業家となった。同窓会は中年以降に、にわかに復活するもので、一組の男組、二組の男女組、三組の女組が合同の集いとなる。そうでなくてはつまらない。

　この中沢クンや、鼈甲《べっこう》屋の米本クンが世話役で、ひとところは例年ひらいた。聞けばそのころは、お宝拝見の鑑定士のような役目で折々ロンドンなどに往き来する、ということでした。

その同窓会も、絶えて久しい。呼びかける世話人たちがいなくなり、もはやわれらは絶滅危惧種か。中沢家のあたりも様変わって、間口を拡げたビルがならぶのみです。いや、そこに現に、間口の狭い店が一軒、ビルの一隅ながらもある。浮世絵屋の酒井好古堂。明治三年（1870）の創業で、さかのぼれば和紙屋として安藤広重ともゆかりがあったという。間口にくらべて、おそろしく奥行きが深いお店だ。こういう老舗が、激変のなかにけっこう生き伸びているのが、古い町場の貫禄でしょう。徒歩会のときにも、中沢クンの家の隣に、酒井好古堂はあったのだ。

一同は日比谷公園へ入る。カーヴする園路を通りぬけた先は、霞ヶ関の官庁街です。ここらで電車が通る道は、桜田門から虎ノ門へぬける桜田通りだ。そこを横断して、さらに直進したところで小休止となった。そして、それから、この幼い二年生は、辻褄の合わぬことを記しております。左が、その後半です。

マタ、スコシ、スルト、シュッパツ、ノ、フヱガ、ナリマシタノデ、ミンナガ、タチマシタ、マタスコシイクト、コンドハ、ドウゾウガ、アリ、マシタ、センセイガ、コノ、ドウゾウワ、カイグン、チユウヂヤウ、ニレイ、カゲノリ、ト、ユウ、オカタデスト、オシエテ、クダサイマシタ、ソノ、ドウゾウ、ヲ、トホリヌケテ、マタ、マッスグ、イクト、サカミチガ、アリマシタ、ソノサカヲ、オリテ、イクト、ホソイ、ミチガ、アリマシタ、ソコヲ、マッスグ、イクト、日枝神社へ、ツキマシタ。

　この銅像は仁《に》礼景範《れいかげのり》。薩摩藩出身の海軍中将で、横須賀鎮守府長官、海軍大臣などを歴任した。歿《ぼっ》後九年目の明治四十二年（１９０９）に銅像落成、海軍省の角地に建てられた。白い台座の上に、勲章ごてごての第一級礼装で、軍刀を杖のように前に立て、皇居のほうを向いていた。原形は若き朝倉文夫の出世作の由です。

　こんなことは、こんにちただいまグーグルで調べているので、証拠の写真も容易に見られる。実物はさきの戦中の金属供出で消えてしまっていますが。

　当時、海軍省は、桜田通りに面して、外務省と向きあって建っていた。いまの農林水産省が入っている合同庁舎一号館のところです。

　つまり、電車道へ出たとたんに銅像が立っていたのだ。それを休憩のあとで出会ったと、この二年生は大きな思い違いをしている。なぜなんだ。当時の地図を参照しつつ、恐縮ながらこのさい、こんにちの私が成り代わって訂正を試みます。

徒歩会の一行は桜田通りの電車道にさしかかるや停止して、そこらの歩道をいっぱいに埋めて銅像をみあげた。先生の説明を聞いて、銅像の人の姓名もしっかりおぼえた。

それから電車道を横切って、外務省の横の、なだらかな坂をまっすぐゆく。外務省の裏手に霞ヶ関離宮と、当時の地図にはある。現在の地図で申せば、都心環状線と、国会前庭のあたりです。ここら一帯は、戦後に全面的に道路を拡げ、新たに開通もした。離宮とあらば人の気はなさそうで、百余人のガキどもが道端で休憩したのはここらにちがいない。

やがて出発の笛が鳴る。一同が腰をあげて、マタスコシイクト、コンドハ、たしかになにかがあって、先生がまた説明をしてくださったのだ。それはなにか。国会議事堂だね。坂をのぼりきれば、いやでも突きあたるのですから。

国会議事堂の竣工は、昭和十一年十一月で、慶祝の花電車がでた。それは内装のすべてをふくめてのことで、本体はとっくにできていた。周囲はまだ工事中ながら、すでに東京新名所だ。引率の先生は、ここでまた野外教育をなさった。

ところが、この幼い二年生は、どうやら上の空でいた。もうくたびれたのか、その証拠に、その後の記述がやたら簡単だ。

あるいは新議事堂を、父の車に同乗してとっくに眺めていて、興味が薄かったのかな。

この日、彼は帝国ホテルや宝塚劇場や、大きな建物には関心が向かなかった。なにより も銅像が、銅像のくせにいっぱい勲章をぶらさげて印象強烈。そこで、先生がながなが 語っておられた丘の上にこそ、仁礼中将がそびえていた、と思いこんだ。おそらくそん なことではなかろうか。

ここからの道筋は、現在ならば議事堂の南通用門の角をまがって、第一議員会館と第 二議員会館のあいだの、山王坂の急坂をくだれば、まっすぐ日枝《ひえ》神社につきあたります。 当時は、この丘の上はまだ工事中で、坂下の永田町は、しずかな住宅街でした。下町 にいちばん近い山の手風の屋敷町です。

一例をあげれば、日本橋育ちの植草甚一はここに居を構え、新宿文化劇場の主任をし ていた。昭和二十年五月二十五日の東京最後の大空襲の夜に、宿直の植草主任は消火に 奮闘、運よく映画館街と伊勢丹は焼け残ったが、その間に永田町は、議事堂と日枝神社 を残してほぼ焼失。植草家も万巻《まんがん》の洋書とともに烏有《うゆう》に帰した。

徒歩会は、その十年前のことです。そこらの急坂をくだり、住宅街のなかの細道を抜 けて、日枝神社の石の大鳥居の前に辿りついたのでしょう。まずはめでたし。

はて、しかし。帰り道はどうしたのだろうね。もはや歩いて帰る体力も気力もなさそうだが、下校時間までにはランドセルのところへもどらねば。

おそらく市電に乗ったのか。それとも貸し切りの市バスでも用意していたのかな。思いちがいと記述不足の、歯がゆい綴り方ですが。担任の先生は、三重丸をつけてくださっている。高橋先生といって、とりわけ低学年の子らに優しいという評判の訓導でした。

これは東京宝塚劇場の正面最上階あたりの図。三年生のときの作品です。

この劇場は昭和九年（１９３４）一月一日に落成開業し、たちまち新名所となった。白壁に小窓がずらりと並び、角地の角が丸壁で、華やかな客船のような気配でした。画用紙が白いので黄色いクレヨンで描いていますが。最上部に横書きの劇場名の、はじめの「東」は帝国ホテルのほうを向いていた。

落成して十一年後に日本は敗戦。焼け残ったこの建物は接収されて、アメリカ駐留軍専用のアーニーパイル劇場となった。ARNIE PILEと書き換えられた、そのはじめのARは、やはり帝国ホテルのほうに向いていました。

先年、高層ビルに建て替えられてしまったが。それにしてもこの三年生は、全景でなく、なんで上階を描いたのだろう。長じてからも、とかく屋上へのぼるのが好きな奴でした。

6　カラス森ジンジヤ

ボクガ、ウチノ、中デ、アソンデヰルト、ボクノ、ニイサンノ、オトモダチガ、ノブヲチヤンカラス森へ、イカウ、ト、イヒマシタ、ボクガ、ニイサンノ、所へ、イッテ、ニイサンカラス森へイカウヨ、ト、イヒマシタ、ソウシテ、ボクト、オトモダチト、ニイサント、三人デ、カラス森ジンジヤへ、イキマシタ、ソウシテ、一バン、サキニ、パイプ、ヲ、カイマシタ、ソウシテ、キンギヨツリヲ、三ドモ、ヤッタリ、イロンナモノヲ、カッテ、オモシロク、アソビマシタ、ソウシテ、ウチへ、カヘッテ、キマシタ、ケフモ、カラス森ジンジヤへ、イキタクナッテキタ。

泰明小学校二年一組小沢信男の、綴り方第五作の全文です。

まず仮名づかいについて。イカウは行こう、ケフは今日です。ソウシテは、歴史的仮名づかいではサウシテが正しい。

このとき「ボク」は二階にいた。二階の部屋で遊んでいる子に、他所の子がどうして声をかけられるのか。じつは隣家の松竹理髪店の二階が、大家の飯田さんの住まいで、その窓と、わが家の八畳間の窓の間は、物干し台へゆく半間幅ほどの板張りの通路があるだけでした。

おりから初夏。たがいに開けはなてば筒抜けの窓越しに、タケチャンが呼びかけてきた。飯田武夫、やはり泰明小学校の、兄と同級の五年生です。なかば身内みたいな仲好しで、三人そろって烏森《からすもり》神社の縁日へでかけたのでした。

烏森神社は、現にJR新橋駅の西側の、ひしめく飲み屋街のただなかに鎮座します。表通りをせわしく往き来していては、まず気づかないが。

駅の南口をでて、烏森通りを西へ。ニュー新橋ビルのさきの路地口に、幟《のぼり》が立つのが目印で、ほそながいその路地が表参道。突きあたりの、三段と十五段の階段の上に、本殿がけっこう広く美々しく飾りたてられている。総体がコンクリート造りで、お守り袋やみくじ売場も、社務所もある。右も左も飲み屋だらけの路地奥に、どっしりとなにやら超現実的な風格です。

銀座八丁の路地の諸処にも、小さな稲荷の祠《ほこら》が、たとえば資生堂ザ・ギンザ裏の豊岩《とよいわ》稲荷《いなり》神社とか、意外にひそんでいるのだが。この社は格段にちがう。由緒は古く、なにせこの界隈十五町の氏神さまです。例年五月五日をはさんで大祭がある。

私の出生地は、戸籍によれば東京市芝区南佐久間町二丁目十七番地で、右の十五町に含まれる。つまり赤ん坊のころは、この神社の氏子なのでした。西銀座でものごころついたときには、もう日枝神社の氏子でしたが。

当時も今も、場所はおなじだが。あのころは本殿が、すなおに地べたに建っていて、表の烏森通りから見通しでした。

敗戦後の焼け跡闇市時代には、この境内にさえバラック長屋風の飲み屋が両側にひしめきならんだ。酔客がすれちがえば肩がぶつかるほそい路地が、そのまま参道だという、それなりに風情のある姿がながらくつづいたが。先年来ぼちぼち廃業して取り壊し、火災で二軒消えたりして、いまは数軒が残るのみ。竹垣にかこわれた猫の額《ひたい》的な境内が、いくらか復活しています。

烏森さんといえば、当時は一の日と五の日に縁日が立った。烏森通りの車道の両側に、ずらりと屋台が、鍋、釜、茶碗、シャツ、猿股、箒《ほうき》、踏み台、額縁、ステッキ、玩具、古本、綿飴、焼そば、金魚すくい、等々。日常雑貨から、買い食い、賭け将棋の類まで、ごちゃまぜにならんだ。

灯《あか》りは、どこからかコードをひいて電灯煌々《こうこう》の店と、突ったてたほそい筒の先から青白い焔《ほのお》を吹くアセチレンガスの灯りの店とあり、これは臭くて、チカチカまぶしかった。おかげで烏森通りの全体が、宵闇をはねかえす明るさで、見飽きない。ただし赤煉瓦通りのあたりは、植木屋さんばかりで薄暗かった。

烏森通りは、さまざまなお店がならぶ商店街です。その鼻先に、いわば出張スーパーがならび立って、格安でお客を吸い寄せる。一日《ついたち》、五日《いつか》、十一日、十五日、二十一日、二十五日と、月に六日《むいか》も。しかし賑わってなにがわるいか。棲み分けて平和共存していたのでしょう。

綴り方にもどります。

これは並みの縁日ではないね。五月四日《よっか》の宵宮《よいみや》から六日までの大祭のうちの一日で、しかも学校が半ドンの土曜日か、日曜日だったのだ。

明るいうちだから、子どもらだけでゆくのを親もゆるす。年に一度の大祭だもの、隣の子とも三人連れだし、父はそれなりの小遣いをはずんで兄に渡したとみえます。豪遊だぞ、これは。

まずは薄荷《はっか》パイプを買った。セルロイド製の小さなパイプの筒に薄荷の粉が詰めてあり、吸うと、口から鼻までスースーして気持ちがいい。リリヤン風な紐がついていて、首から下げられた。

大人たちがぷかぷか煙草を吸っている。その真似なので、パイプの持ちかた、くわえかたまで、そのつもり。大人ぶるたのしみに、この二年生は、まず飛びついたのだ。ひとしきり吸って、薄荷が切れればそれまでよ。そのくせ縁日がくれば、またこれを欲しがったのでした。

つぎは金魚すくいの店にむかった。四角い白い水槽に、赤い金魚がひらひら泳いでいるのを、針金の輪に紙を貼った小さなラケットで、もう片方の手のボール鉢にすくいとる。水に濡れれば、じきに破れる道理だが、半分でも紙があるかぎりは挑戦できる。輪っかだけになってもねばるのは反則です。

金魚すくいには、かなり私は自信がある。二十代になっても、縁日に出会うとむらむらやる気になり、たしか新宿花園神社の祭りで、十一匹すくった。これが最高記録で、それきりやめて、自信だけを保っています。

縁日のたびに親にせがんだのだけれど、兄も妹も、みんなでやるのだから、せいぜい一回しかやらせてもらえない。その欲求不満が青年期にまで尾を引いていた気でいたが。この日は、なんと三回もやっているぞ。

ケチな親がいないだけにのびのびと堪能した。折々に、こんなチャンスもあったのだ。それなりに元手のかかった自信かなと、いまさらに気づく。

ほかになにを買ったか。山吹鉄砲だな。竹の筒の先と元に、山吹の白い芯を小さくちぎって、ちょっと舐めて詰める。そして芯棒で押せば、ポンと音がして山吹の弾《たま》が飛びだす。あれこれ狙い撃って、飽きないのです。

それから塗り絵だな。紙に線描のミッキーマウスや、ベティちゃんや、軍艦や、飛行機や、二見《ふたみ》ヶ《が》浦《うら》なんかもあったかな。何枚か袋に入っているのを買って、クレヨンで塗りこんでゆく。これも飽きない。

それから綿飴か、キャンディか、一銭焼きそばかを、買い食いしたにきまっている。

古本屋は、厚い講義録を棚にならべるのが看板だ。われらは地べたにひろげた雑誌やマンガ本をひやかす。四、五年生ともなれば、文庫サイズの猿飛佐助《さるとびさすけ》や、柳生十兵衛《やぎゅうじゅうべえ》や、講談本を吟味した。中身と無関係の表紙を、とりあえずつけたやつもあるのでした。

あれやこれやをおもえば、あぁ、なんだかまた、カラス森ジンジャへ、イキタクナッテキタ。

一年一組オザワノブヲの図画が二枚です。一枚目は金魚屋の店先だな。頭上の竿に鉢をいくつもぶらさげて、こんな店があったのか。人々が表通りを通行していて、これは店内からみた構図だ。タガをはめた三つの桶にもみえるが、じつは四角い水槽でしょう。その上に立つ長四角が、水槽を上からみた図にちがいない。左のには黒い出目金が泳ぎ、珊瑚風の飾りもあったのか。真ん中のには赤い金魚がひらひらしていて。

せっかくのその眺めを、描かないでおられようか。この一年生はデフォルメが平気な奴だもの。

右側の水槽にそれがないのは、棚や人を描いちゃったから。いましも店の人が作業中、にしては浴衣姿とは？　さては通行人がステッキつっこんでいたずらしてるのか！

ときは初夏、ある日の街場の光景でした。

もう一枚は夏祭りの家並み。真っ昼間の日盛りです。軒ごとに提灯を、まぁ気前よく吊るしたものだ。

まんなかの家がお神酒所《みきどころ》ですね。町内でひきうける家はほぼ決まっていて、祭となれば戸障子はずし、がらんどうにして、町《まち》神輿《みこし》の置き場にも、寄り合い所にもなる。現に一台据えてあり、左の台はからっぽだ。

隣の家の前へ、まさにいまかつぎだしていて、これは子供神輿だね。軽いからとりあえず二人きりでも持ちだせる。よくみると後ろの人はスカート姿で、これはおどろきだ。

神輿は男どもが担ぐ。女人禁制。神道は、いうなら男社会のものだ。女神輿が現れたのは戦後で、それは当然のなりゆきでした。戦時中の男不足と、敗戦時の大窮乏時代を支えたのは、全国の女たちの力だもの。浅草三社祭で向こう鉢巻の女たちが、男たちと入り混じって担ぐさまが、木《き》村《むら》伊《い》兵衛《へい》の写真集にも記録されています。

　現在も、神の威武を示すという暴れ神輿は男どもの領分ながら、随所の祭で姫神輿が人気の的らしい。戦後七十年の歩みの、これも確かな現れでしょう。

　しかしあのころは、子供神輿だって男の子だけで担いだ気がする。むしろ五年、六年生にもなると大人の神輿に触りたかった。気のいいおじさんたちが、腕白どもにしばらく担がせてくれたりしました。

　してみるとあのころも、気のいいおじさんやおばさんたちが付き添って、童児童女たちにも子供神輿や山車を触らせていたのかな。そのために持ちだす様子を、目撃していたのか。それともこのスカートもデフォルメか？

　ともかくも、よほど祭が好きだったのだ、このガキは。

7　海軍記念日

一時カンメニ、ボクガ、シユウシンダ、ト、オモッテ、マッテヰマシタ、スルトセンセイガ、伊井君ニ、修身、ノ、カケズ、ニ、ヒロセ中佐、ノ、オハナシガ、アリマスカ、ト、イヒマシタ、伊井君ガ、カケズヲ、メクリナガラ、サガシテイルト、戸田君ガ、アリマセント、イヒマシタ、ボクハ、ガッカリシマシタ、スルト、先生ガ、ソンナラコンド、カイテクル、カケズ、カモシレナイ、ト、オッシヤイマヰタ、スルト、センセイガ、海軍キネン日ノ、オ話、シッテイル、人、手、ヲ、アゲナサイ、ト、オッシヤイマシタ、スルト、ヱビツカ君ガ、ハイ、ト、イッテ、手オアゲマシタ、先生ガ、ヱビツカ君、ユッテ、ゴランナサイ、トオッシヤイマシタ、ヱビツカ君ガ、タッテ、「イマカラ、三十年前、ニ、日ロセンソウガ、アリマシタ、ソウシテ、バルチックカンタイガ、ドコオクルカ、ワカラナイノデ、カンチャウサン、ダチガ、大ゼイデ、ソウダンヲ、シマシタ」。ト、ヱビツカ君ガ、イヒマシタ、ソノ、ホカ、カメオカ君ヤ、伊井君ガ、海軍キネン日、ノ、オ話ヲ、シマシタ修身は、数ある課目のなかで、いちばんつまらなかった。この日の第一時限がそれなので、覚悟していると、あらわれた担任の先生が、広瀬中佐というではないか。そこで、このボクは、がぜん興味を催したのですな。

二年一組小沢信男の綴り方は、とかく前段にくどくどとヒマを食う癖があって、恐縮です。だが、それでみえてくることもなくはなくて、修身という課目用の掛け図があったのだ。特大のカレンダーのようなそれが、黒板の脇あたりに掛かっていた。中身は忘れた。二宮金次郎とか、ナイチンゲールとか、定番の教訓画が綴じ込みになっていたものか。

その旧来の掛け図には、軍神広瀬中佐の図はなかった。旅順港外で弾丸雨飛のなか、荒波洗うデッキの上で「杉野はいずこ、杉野は居ずや」と探している図柄が、改訂版には入ったのでしょう。

教育資材の変化の一例です。満州事変に突入の昭和六年（1931）このかた、世は着々と軍国主義へ傾いてゆく。国語読本の第一巻も、冒頭の「ハナ、ハト、マメ、マス」が「ススメ、ススメ、ヘイタイ、ススメ」へ、私らが入学した昭和九年から変わった。修身の掛け図の改訂も、その足音の一つでしょう。昭和十年五月某日の一時限を、先生は海軍記念日の予習にあてたのでした。

海軍記念日は五月二十七日でした。明治三十八年（１９０５）のその日に日本海海戦があり、東郷平八郎大将のひきいる連合艦隊が、強敵バルチック艦隊を撃破する。かくて日露戦争は、赫々《かっかく》たる勝利をおさめた形で講和にいたった。じつは精根尽きた辛勝だったにせよ。

記念日の当日には、全校生徒が講堂に集まる。そして校長先生の訓話と、来賓の眠気をもよおす長い話と、従軍した在郷軍人の手柄話を聴いた。

ちなみに陸軍記念日は、奉天大会戦に勝利し入城した三月十日で、その日も同様に講堂へ集合しました。

掛け図をめくった伊井君は、級長でした。アリマセンと言った戸田君は、たぶん掛け図にいちばん近い席にいて、手伝っていたのだな。

伊井義一郎君は、細身の少年で、六年間を通じて成績一番の優等生でした。級長と副級長は学期ごとに選挙するのだが、一学期の級長は彼が選ばれるときまっていた。麴町の米屋の長男なのに力仕事の家業は継がずに、医師となり、国会の参議院を多年担当していました。参議院議員のみなさまは、体調不良の折々に伊井君のお世話になったはずです。いまは引退して、健在でおります。

バルチック艦隊の一件を語った海老塚君は、母一人子一人の育ちながら、明朗で、色白の美少年でした。東郷元帥や、乃木大将や、広瀬中佐や、日露戦争にまつわる逸話ぐらいは、小学二年生でもおおかた心得ていた証拠の一例です。

それにしても進んで一席、よどみなく喋ったらしいのは、はしこい町場の子にしてもとりわけませていた一例か。海老塚君は後年、姓を改めて一流会社の社長になりました。

亀岡君は、有名な医院の子で、父君は、たしか校医もしておられた。銀座で指折りの名家のひとつでした。ただし、不運にもこの十年後に、彼は亡くなる。

昭和二十年一月二十七日午後一時過ぎに、米軍のB29爆撃機の編隊が襲来。以後つづけざまになる東京の市街区空襲の皮切りでした。第一陣は本郷、上野、浅草方面を爆弾・焼夷弾混用で襲撃。第二陣が新橋、銀座、京橋の線に爆弾投下。たちまち諸処に黒煙があがった。泰明小学校には二百五十キロ爆弾が三発落下、うち一発は不発、二発が屋上から一階までを貫いて爆破、職員室の女ばかりの先生四人が殉職、二人が重傷を負った。

正確にはそのときは泰明国民学校であった。昭和十六年四月から、全国の小学校が国民学校と改められた。さらに昭和十九年の夏より学童疎開がはじまり、都会の子は三年生から六年生まで各地方へ移された。泰明の子たちは埼玉県深谷のお寺に分宿し、男の先生たちはそちらへ付き添っていたのでしょう。残留の一、二年生たちも、この日は土曜日の半ドンで帰宅していた。

こうして銀座の諸処を吹っ飛ばした爆弾の一つが、亀岡家を直撃した。五体飛散した亀岡君の頭部が、かなり離れた家の物干し台に落下していたという。当時は被害状況の告知などありはしなくて、口から口へ、同窓生に語りつがれてきた秘話にして悲話です。

海老塚君が「イマカラ三十年前ニ」と語った通りに、この年、昭和十年（1935）は日露戦争から三十周年の節目であった。記念の催事がおそらく諸処でひらかれ、五月二十七日の講堂の行事も、例年よりも念入りだったことでしょう。この講堂には、中央に天皇・皇后のご真影、左右の袖に東郷平八郎揮毫《きごう》の「忠孝」と「まこと」の大きな縦額が、かかげられていました。

そこで「海軍記念日」が、綴り方の課題にもなったのではないか。六月に入ったある日の教室で、これは書かされたのだ。ところが、この二年生は、当日よりもその前の、教室での予習のほうをテーマにした。なぜか。

察するに、このボクは、先生の問いかけに手をあげる気はまるでなかった。それだけに、海老塚君や、亀岡君や、伊井君たちが、雄弁に、または訥弁《とつべん》に、あれこれ語り聞かせてくれたことに、かなりたまげたとみえます。つまりこのときから、彼にとっての「海軍キネン日」ははじまった。そこでその前段から、くどくど書きださねばならないではないか。

おもえばわれらは、勝った勝ったの日露戦争の、三十年遅れの戦後派で育ったのか。

二年生のときの絵を二枚ならべます。

まずは教室の景。

この日、図画の時間は、教室正面の写生が課題だった。ははぁ、当時の教室はこんな姿だったのか。教卓が黒板の前から、本棚の前へ移してあるのは、どこからも黒板がそっくり見えるように、ということか。その黒板の右下には白墨入れの抽出し、上に張った黒い線は教材などを吊す金具だ。まんなかの柱や、左右の本箱の角度からみて、二年一組小沢信男の席は、左寄りだったとわかります。いかにも忠実な写生だぞ、これは。

右の壁の地図は、日本列島も、樺太の半分も、朝鮮半島も、台湾も赤色で、ダイダイ色は満州国（口絵参照）。往年の大日本帝国の姿を、日々に眺めていたのだな。

その手前の置時計のごときものは、数字の配置がばらばらで、たぶん温度計か湿度計だ。

その下に、掛け図が吊されている。しかしこれが修身用か？　図柄はどうやら、どこかの殿様が、太刀持ちの小姓を従え、屏風を指さして家来になにやら告げている。まぬけな時代劇みたいなこんな図柄が、いったいなんの教材だったのやら。

いよいよふしぎなのは、左壁の二枚の額です。図柄はご真影のようながら、天皇皇后のご真影は講堂に秘蔵され、紀元節、天長節、明治節などの祝日にしかひらかれない。

よくみると右の額は髯面で、さては明治天皇だろうか。左額の、勲章の帯を斜めに掛けた正装の方は、してみると昭憲皇太后だ。

だが、しかし。こんなご真影に準ずるものを、ひごろ教室に掛けっぱなしのはずがない。このさいあえて推測すれば、この日は十一月三日の明治節の前後ではなかったろうか。

先生は、明治節を予習するべく、この二枚を持参して黒板の横にかかげた。本箱の上の鉢植えは、そのお供えにみえます。

そうか。だからこそ図画の時間に、ふだん見なれた教室正面を、ことさら記念に写生させた。のではあるまいか。

そう思えば、そうにちがいない気がしてきました。海軍記念日といい、祝祭日の予習や復習にマメな先生だったのだ。

つぎに国旗掲揚の図。

こちらは写生ではありません。じつは宿題で、わが家で描いた。泰明小学校は三階建てで、三階の窓は上が円くなっていた。屋上にポールが立ち、祝祭日には国旗をかかげた。その様子を描いたのではあるけれど。

屋上には、金網が高くはりめぐらされていました。小学校の屋上がこんな無防備であるはずがなくて、現在も金網はそのままにあります。ポールはない。

じつは卒業時の記念写真帖でたしかめると、当時もこんなポールはない。ないポールを立てるぐらいは、このガキは無造作にやる癖があり、それには金網は邪魔だ。つまり描きたいのは国旗の掲揚なのですね。

かんじんなその日の丸の旗の、まんなかの赤丸が、ややずり下がって見えませんか。見えるよね。この絵が仕上がったときに、じつに心外でした。

いままさに揚げつつあるところを、この二年生は描きたかった。だから紐も人もちゃんと描いて、旗はまだ上に届いていなかった。

その画を父が脇から覗いて、いきなり注文をつけたのでした。これはいけないよ、半旗といって弔《とむら》いごととか不吉な印だ、上までちゃんと揚げなさい。

だから揚げてる途中なんだよ、と言い張って、知らん顔でいると、じれったくなった父は、どれどれとクレヨン箱をひきよせた。勝手に旗の上部を白く伸ばして描き、ほら、これでいいんだよ。

この旗の部分だけは、ですから父との合作であります。そのときの悔しさを、この絵をみるたびに思い出す。子の心を親知らず。おかげで八十年を経ても忘れないのですね。私の絵にじかに干渉したのはこのときかぎりでした。

いまとなれば懐かしい。父は、つまり、私の絵に関心があったのだ。トラヤの絵などは、自分に描くヒマはないから面白かったのかもしれないし。それでマメに綴じ込んでくれたのだろうか。

ほかの兄弟も、通信簿などはすべて保存されています。習字や満点の試験紙や、それぞれに遺されたはずながら。彼らはどこかで散逸したとみえて、私だけが絵と綴り方の一部を現に保存しています。

8　トホクワイ（その2）

キノフ、ボクタチハ、トホクワイデシタ、學校ヲデタノガ、〇時三十プンデシタ、スコシイクト、ボクノウチガ、見エマシタ、ボクハ、ダレカ、ヰルカナ、ト、オモヒマスト、ダレモヰマセンデシタ、土橋ヲ、ワタッテ、スコシイクト、シン橋ガ見ヘマシタ、マタ、ドンドン、イクト、ガードガ、アリマシタ、ソノガードヲ、クグッテ、イキマスト、川バタ君ガ、タルノワ、ニ、ヒッカカッテ、タヲレタノデ、ボクガ、オコシテヤリマシタ、ソノ時、二組ノ、ホサカ先生ガ、來テ、川バタ君ヲ、オコシテクダサイマシタ、ソコヘ、高橋先生ガ、来テ、一バン、ウシロノ、伊井君、ト、一シヨニ、イキマシタ、マタ、イクト、ヤハリ、ガードガ、アリマシタ、ソノ、ガードモ、クグッテ、イクト、水タマリガ、アリマシタ、ソノ、水タマリノ、所ニ、イタガ、アリマシタ、ソノ、イタヲ、ワタッテ、シバノ、オンシテイヱン、ニツキマシタ。

またまた徒歩会です。第5章の日枝神社へむかったときと同様に、昼の弁当をすませてからの出発だった。

今回は、旧芝離宮庭園が目的地です。浜松町駅の海側へすぐ隣だから、有楽町駅に近い学校から、JR山手線で二タ駅分を歩いたわけだ。

一ト駅目の新橋駅を過ぎたあたりで、目の前の同級生が転がった。どうやらこれが今回唯一の出来事らしい。つまらない綴り方で恐縮ですが。あらためて道筋をたどりなおせば、どっと湧く思い出が、あることはあるのだ。

この日は、西銀座の電車道へでた。いまの外堀通りです。この西側の歩道を、二学年の一組から三組まで百二十人余りの行列が、ぞろぞろ歩いた。六丁目、七丁目、八丁目。この道は、入学から卒業まで六年間の私の通学路でした。表通りばかりを往き来したのでもないけれど。当時は両側がほぼ二階家のならびで、角々に大きなビルがあった。

七丁目の、いまはリクルートGINZA7ビルのところが、当時は国民新聞社、黒っぽいビルでした。玄関脇の立読み所の、ガラス張りの額に収めた日々の新聞を、朝に夕に佇《たたず》んで読む人々がいました。

あのころは大相撲が一月の春場所と、五月の夏場所の二場所きりで、そのときは立読み所にならんで臨時の衝立が建った。幕内の取組みを告げる力士の名の木札が、ずらりと上下に掛かり、それが朝風にカタカタ鳴るのが、登校のおりの風情でした。

　下校が道草くって遅れると、負けた力士の札が裏返って赤字になっている。それをおぼえて飛んで帰り、誰それが負けたよ！　とか、勝ったよ！　と叫ぶ。つけっぱなしのラジオで父も事務所の連中も先刻承知していても、けっこうこれで道草がごまかせたのでした。

　国民新聞社の向かいは、八階建ての電通本社で、新築まもないぴかぴかの白っぽいビルでした。界隈で最高の高さだし、この道を、電通通りとも呼んでいました。

　本社はやがて築地へ移ったが、この銀座電通ビルはほぼそのままに健在です。二階から上の外装は色濃く変えたが、玄関口も一階の壁も地階への明り採りも、往時のまんま。この通りで面影を残す建物といったら、近年みるみる減って、もうこのビルぐらいです。

　こんな思い出話は、きりもないな。急ごう。八丁目、土橋の手前までくると、電車道のむこう側に、大塚自転車店、虎屋自動車商会、松竹理髪店などの小店がならんでいる。

　知った顔が佇んでいれば、手を振ってみせるのだが、あいにくだれもいない。わが家のガレージはがらんと出払って、商売繁盛中だったとみえます。

土橋を渡って直進すれば、新橋駅がみえてくる。赤煉瓦造りの、東京駅を小型にしたような駅舎が、東口広場に面して建っていました。

現在は新橋駅といえば、西口広場のほうが代表的だが。あれは七十年前の空襲の焼跡に、敗戦直後から闇市が立った。それ以来の広場です。以前の駅裏はいきなり家々が建て込んでいた。処女林という大きなキャバレーがあって、大人になったらここへ入ろうと私は夢を抱いていました。

徒歩会の一行は、もちろん東口の広場をゆく。赤煉瓦駅舎の前をドンドンと通過した。するとそこに、二股のガードがある。手前へ鋭角にくぐるガードの先は、烏森通りです。道なりに斜めのガードをくぐれば、その先は、にぎやかな日陰町商店街でした。

二股のガードは、いまもそのままにあります。だが日陰町の面影はもうない。新開の大通りに、いきなりぶち切られている。占領軍総司令官マッカーサーが、アメリカ大使館から竹芝桟橋まで１００メートル幅の軍用道路を造れと命じたのが発端とかで幻のマッカーサー道路。その後に幅40メートルに改め、徐々に用地を買収し、やっと２０１４年に開通した。２０２０年の東京オリンピックに備えるという環状第2号線の一部です。

往年の日陰町は、古着屋が軒をならべていた。神田の柳原通り、上野広小路裏の上野町通りなど、東京のところどころに古着屋でにぎわう町があった。

その古着屋の町筋が、にわかにニュース種になったのは、昭和十一年の初夏でした。阿部《あべ》定《さだ》なる三十女が愛する四十男と荒川区尾久《おぐ》の待合に籠もって二十日、愛欲を尽くしたあげくに男の急所を切りとって逃亡。「いずこに彷徨《さまよ》う？　血文字の定」事件は天下にとどろいた。三日後に品川駅前の旅館で逮捕され、その後もさまざまに喧伝された。逃亡中に、上野の古着屋にあらわれ、着ていた結城袷《ゆうきあわせ》と羽織を売り払って、単衣《ひとえ》御召《おめし》を買い、そっくり着替えて立ち去った。だが五月に単衣は早すぎたか、翌日は新橋の古着屋で、セルの単衣を買ってまた着替えた。近所の履物屋で下駄を草履に履きかえ、眼鏡も買って変装した。都合よくあれこれ店がならんだ日陰町通りなのでした。

この事件は、私が小学三年生のときで、子供心にも感銘し、生涯になお忘れがたいです。しかしこの徒歩会は、その前年だ。そんな騒ぎの場になろうとは、まだ誰も知らない。斜めのガードをくぐって、さて、一行はどの道を進んだのか。日陰町は、京浜国道の一本西の裏通りで、その商店街のにぎわいへ百二十人もの子供らの列が押し通るのはいかがなものか。表通りの国道には、品川から浅草雷門までを往来する1番の市電が走っていた。たぶんその電車道へ出た。すると、いきなり川端君が、樽の輪に足をとられて倒れた。

おもえばあのころは、路上になにやかやと落ちていたものです。釘が必要ならば、そこらをまめに探せば、たいてい拾えた。店ごとに仕入れの荷を、おおかた路上でばらすのが通例でしたから。

樽のタガのような輪が落ちているのを、先頭の連中はさっさと跨いでいったのだ。川端君は小柄で、むしろ敏捷な少年でしたが、脇見でもしていたのだな。ばったり倒れたすぐうしろにボクがいた。助け起こす気でいっしょにもつれていると、後続の二組の先頭の保坂先生が駆け寄った。一組の高橋先生も駆けもどってきた。そして、もたもたしている二人を、級長の伊井君に託した。

というなりゆきだったのでしょう。なににつけても、たのもしい伊井君でした。

やがて増上寺の大門通りとの四つ辻にきた。左折すれば、ゆくてに浜松町駅のガードがある。くぐれば芝離宮庭園の入口は目の前です。その手前に水たまりがあって、応急に置かれたらしい板の上を、こんどは脇見せずに渡ったのでした。

さて、目的地に到着して、どうしたか。おそらく庭園の池のほとりで一同しゃがんで一休みしたくらいで、浜松町駅から二タ駅分を省線電車(いまのJRを当時はそう呼んでいた。鉄道省管轄の路線の意)に乗ってもどり、ぶじ帰校したのでしょう。

この徒歩会という行事は、泰明にかぎらない。当時はどこの小学校でも、必修の行事だったのではあるまいか。すくなくも東京では。

というのは、さきの日枝神社ゆきの小文「トホクワイ」を読んだ知人が、こう感想を述べたのです。彼女はすこし年下の、国民学校の時期の世代ですが、「あたしたちのときもありましたよ。泰明の子たちみたいに街中でなくて、長い水道道路を歩いたの。道ばたに家庭菜園があったり、草むらから先生がアカザを採って、これは食べられますと教えてくださった。でも徒歩会とは言わなかった。コウグン（行軍）と言っていました」

さすが国民学校！　時あたかも太平洋戦争たけなわの、食糧難で代用食の流行期でした。

この絵はなにを描いたのやらご不審かもしれないが、一年一組小沢ノブヲにとっては明瞭で、雨の朝の登校風景です。先頭の赤いアマガッパ（雨合羽）が同学年の女の子で、ランドセルの上に着るから、背中が四角いのだ。

その後ろの茶色と、緑の人は、一見大人みたいだが上級生です（口絵参照）。入学したころは、六年生たちがそれこそ大人びてみえましたもの。やはりランドセルの上に着ているのだが、身長と比較すればさほどに角張らず、ややずり下がっていたり、なかなかに描きわけている。横腹の長四角の線はポケット、のようだが、ここから手をつっこめば、下の上着やズボンのポケットからなんでも取りだせるのでした。

人物がみな同方向へ、同様な姿で進んでいるのが、並みの街頭風景でない。すなわち登校風景と、お汲みとりください。

小学校の六年間をかえりみて、雨の日には、おおかた傘を使っていました。しかし新入生のころは傘よりもカッパのほうが世話なしで、着せられたのだな。

脚がみんな黒いのは、ゴム長靴のつもりだな。ピチピチジャブジャブランランランと登校するのが、たぶんめずらしく愉しくて、上級生にもみんなにカッパを着せたのか。たぶん、そんなことです。

背景について。左端に半分だけみえる街路樹は、ニセアカシアです。銀座の柳と一口に言うが、それは銀座八丁の表通りと、堀端ぐらいでした。通学路の電車道の並木はニセアカシア。薄っぺらな枝豆のような実をつけた。

まんなかの、茶色いこんな掘っ立て小屋は、電車道にありはしない。瓦葺きの平屋や、米屋や、草履屋さんなどは、むしろ上等な家構えでした。和風の家はおおかた茶色なので、これはその右代表のつもりでしょう。茶色い家から茶色いカッパの人が出てくるのが、つまり茶色の強調なのだ。

右側の、こんな真っ黄色なビルもありはしないが。あるいはこれは電通ビルです。つまりビルの代表のつもり。

ビルと日本家屋がまぜこぜに立ちならぶ並木道を通学しています、と、一年生が物語っている図画でありました。

　これは三年生のときの図画です。堀端の自動車屋さんを、わが家とご同業のよしみで写生したのであろうに、さっぱりと記憶なし。やむなく画面から推察します。まず右横書きの看板が「有楽タクシー」。シーが画面からはみだしているが、こう名乗るからはこのお店の所在は有楽町だ。
　泰明小学校の裏は、いまは高速道路だが、往年はすぐに掘割で、冬場は鷗が舞っていました。堀に面した側は廊下で、三年生の教室は二階だ。この絵は二階の廊下から、麴町区有楽町の対岸を眺めた景色にちがいない。
　堀の石垣が右へせり上がっているのは、その先に橋があるので、それは数寄屋橋だ。下町の橋は道路より高く造るのが通例でした。
　銀座側から渡って左には、五階建ての白いニユートーキヨービルがあった。落成は昭和十二年六月で、私が四年生のときです。

なんと、この絵は、その場所ではないか。ニユートーキヨーができる以前は、こういう姿だったのだ。

このガレージの造りは、わが家と似ていて、右の柱の黒い線は雨樋です。壁の向こうはやはりトタン屋根なのだ。わが家より大きく、地の利もいいのに、ニユートーキヨーにどうして場所を譲ったのか。

調べれば、けっこう判ってくるもので、有楽タクシーは七台を所有していたが、昭和十一年十一月に、木挽町の川鍋自動車商会に買い取られた。この買収で川鍋は一気に三十五台持ち、界隈一の最大手になりました。

このころから業界統合が、もはやはじまったのだな。翌十二年七月に支那事変がはじまるやガソリン統制でろくに車が動かせない。昭和十三年四月、虎屋自動車商会も、近隣の同業数軒とともに、川鍋に吸収併合され、日東自動車株式会社が発足した。

この会社は、その後も買収や併合をかさね、日本交通株式会社となり、こんにちに至る。以上の調べは、『社史・日本交通株式会社』に拠ります。有楽タクシーの七台は、やがてわが家の四台ともお仲間になったのだ。

おもいがけないご縁の絵だな。ガレージがからっぽなのは、出払って盛業中ではなくて、もはや木挽町へ引き取られたのだ。

柱にたてかけた梯子《はしご》は、看板をとりはずしにかかる足場であろうか。これから更地になるのだな。川端柳もうらめしや？

なおニユートーキヨービルは、のちに地下二階地上九階建てとなりました。さらに高層化へ再開発のため、平成二十八年末現在、解体されてまた更地になっております。

9　ヱンソク

ボクハ、ヱンソクノ、前ノ日ニ、泰明學校、ヘ、アソビニイッテ、カヘッテ來タ、トキハ、モウ、ユウガタ、デシタノデ、大イソギデ、リックサックヲ、出シテモラッテ、オカアサント、ボクト、ニイサント、チカテツヘ、イツテ、マズ、一バン、ハヂメニ、ニイタカドロップト、サクマシキドロップスヲ、カヒマシタ、ツギニ、ボクガ、ピース、ヲ、カウト、イヒマスト、ニイサンガ、ソレヨリ、コレガ、イイ、ト、イッテ、ピース、ノ、トナリ、ノ、ヲ、ユビデ、サシマシタ、ボクハ、オカアサニ、オネダリ、ヲ、シテ、ソレヲ、カッテ、モラマシタ、ソレカラ、明ジドラゼー、ヲ、カッテモライマシタ、ソレカラ、明ジキャラメルヲ、カッテ、モラハウ、トシマシタラ、ソンナニ、カウト、センセイガ、イッタヨウニ、オナカ、ヲ、コワシマスヨ、ト、イッテ、カッテ、クレマセンデシタ、ソレダ、ケニ、シテ、ウチヘ、カヘリマシタ、ソウシテ、ウチヘ、カヘルト、ボクノ、イモウト、ガ、ドロップヲ、ホシガルノデ、五ツ、アッタノガ、四ツシカ、ノコラ、ナカッタ、ボクハ、チカテツ、デ、カッテ、キタノヲ、ミンナ、リックサック、エ、イレタ、ソレカラ、ネマキニ、キカヘタガ、ナカナカ、ネラレナカッタ。

「ヱンソク」という課題は、遠足に行ってきたからこそ出たのでしょう。だのに二年一組小沢信男は、またもその前日のことをごたごた書いている。しかも脱字や読点だらけ。ソレダ、ケニ、とはなにごとだろう。いまさらやむをえません。順に見てまいります。

放課後に、いったん帰宅してランドセルを下ろし、身軽になってまた学校へもどった。広い校庭は、おおかた上級生たちが走りまわっている。付属の小公園に砂場もブランコも滑り台もジャングルジムもあって、たぶんそちらで遊んでいたのでしょう。

放課後の校庭に、遊ぶ子どもらの声がひびくのは、どこの小学校もご同様でした。戦後も、団塊の世代たちの育ち盛りには。

やがて都心部は過疎になり、学校も統廃合が進んだ。そうしていまや泰明小学校の校庭はシィンとしている。小公園との境目には網を張って、立入禁止の無人の境です。

おもえば当時は、そこらじゅうに子どもらがいたのだな。犬も猫も気ままに歩いていた。あるときお隣の松竹理髪店で雌犬を飼ったら、界隈の雄犬どもが日参してくる。登校するわれらとすれちがいに、のそのそ日参組がやってくる。

そんな町場の暮らしむきの頃のことであります。

さてそこで。明日の遠足にそなえて、なんで地下鉄へドロップを買いにゆくのか。これにも一くさりご説明が要るでしょうなぁ。

そもそも東京の地下鉄は、浅草―上野間が昭和二年の歳末に開通した。私は昭和二年六月の生まれ。同年輩であります。始発の浅草駅と乗り換えの上野駅はひとまず地下二層だが、おおかたは地べたを掘りさげレールを敷いて蓋をする単純な一層でした。

その方式で神田までできて、次の三越前で完璧な二層となり、地下一階はデパートの地階への入口だ。その伝で、日本橋、京橋、銀座と順調に延びて、新橋駅の開通が、昭和九年六月のこと。

プラットホームは地下二階に。地下一階は省線電車に乗り換える通路で、そこに屋台風な店がならんだ。いうなら地下の露店だ。

地下鉄は、夏に涼しく冬は暖かい、という触れこみでした。なにしろできたてのほやほやだもの。キャラメル買うにも地下鉄ストアへ、いそいそ土橋を渡ったのです。

新高《にいたか》ドロップ。サクマ式ドロップス。ドロップ界の双璧でした。家庭用は縦長の缶入りで、丸い小さな蓋をあけて傾けると二粒三粒がころっと出てくる。携帯用は現によくある筒状の包みで、まずはその新高とサクマ式を買ったのだ。

台湾の玉山は海抜三千九百五十二メートル。日本統治時代は富士山よりも高いので新《にい》高山《たかやま》と名づけて日本一でした。つまり最高のドロップという意味合いだな。

そして「ニイタカヤマノボレ」は、日本海軍の暗号で、昭和十六年（１９４１）十二月八日未明の真珠湾攻撃は、この号令ではじまった。あげくに敗戦。台湾はじめ旧植民地はみな手放して、もはや新高ドロップどころでない。

かたやサクマ式ドロップスは、現存するのですね。佐久間さんというどこかのお菓子屋さんが創始したのであろうドロップのほうが、はるかに長命の名称なのでした。

ピースは、煙草ではなくて、白い薄荷ふうの丸い菓子でした。だが、兄が勧めるままにその隣の、たぶん似たようなものにした。弟にねだらせて、兄もちゃっかり自分の分を買ってもらったのではないか。

明治ドラゼーとは、どんなものか覚えがないが。どうやら携帯用の薄い缶入りのドロップの類いらしい。どれもこれも五銭程度。キャラメルは大小で五銭と十銭とあった。

グーグルで検索すると、往年の明治ドラゼーの小さな空き缶一つに、アンティークオークションで二千八百円の値がついております！　茫々《ぼうぼう》八十年を跨いだお値段だ。

明治キャラメルは、あきらめて帰宅する。すると五歳と三歳の妹に、どっとからみつかれた。母をひっぱりだして、なにかいい思いをしてきたのにちがいないのだから。「五ツ、アッタ」うち一つだけ妹たちにゆずって「四ツシカ、ノコラ、ナカッタ」とは、なんという言い草だろう。その四つはさっさとリュックサックへしまいこむ。これ以上取られてなるものか。

せまい家に、兄妹《きょうだい》四人で育っていれば、一種のこれも生存競争の鍛え方でしょうか。

そうして寝床に入っても、すぐには寝つけない。明日への期待。とはいえ、いったいどこへ遠足に行ったのやら、もっぱらドロップに盛りあがっているあんばいではないか。

この綴り方に、担任の先生は、三重丸のうえに二重丸をのせたダルマの五重丸をつけている！

なんという優しい先生に、このガキはめぐりあっていたことだろう。綴り方はこれでいいのだよ、脱字だらけも読点の打ちまくりも踏みこえてドンドンお書き、と励ましてくださっている。

八十年をへだてて、このガキの成れの果ては、いま、ふと、なみだぐむ思いでおります。ありがとうございました、高橋先生。

この画題は「ヱンソク」です。せっかく遠足をしたのだもの、それが綴り方にも図画にも課題にされた。そこで二年一組小沢信男は、この絵を描きました。

先生を先頭に、一組の男子たちが四列縦隊で、いましも橋にさしかかるところ。渡り終えてこっちにくるようでもあるが、それならば目鼻を描くだろう。やはりむこう向きなので、それを俯瞰図で描いている。

こんな視点で絵を描くことを、八歳児がもう心得ているのだな。写生のはずだが、絵を空から描く、いわば絵空事なので、どこか奇妙です。

第一に、こんな整然たる四列縦隊で、園内を歩いてはいなかった。もっとごちゃごちゃしていたのに、団体行動の建前で描いたものだから、行く手の橋が、それなりの広い幅になってしまった。

実態は、ほんの小橋でした。大池と小池をつなぐ水路なのだが、さながら川ではないか。どうしてこんな絵になったのか。

行き先は、小石川植物園でした。数寄屋橋の停留所から貸切りの市電に乗ってゆき、たぶん帰りも同様だった。貸切り電車は規定のコースにこだわらず、適当にレールをたどって目的地へ運んだ。市街電車には、そういう便利さもあるのでした。

小石川植物園は、高台に樹林、低地に大小の池をめぐって梅林などがひろがる。その日本庭園のはずれで、高台の裾の小橋を渡った。それが土橋だという。

なるほど、土の道がそのまま橋の上につづいている。丸太を敷きならべた橋桁の上に土を盛りあげて、縁も丸太だ。やぁ土橋だと、めずらしがる町場のガキどもに、そうだよ、これが土橋です、と先生が保証したのだったかな。

このとき、私は仰天していた。

土橋といえば、どっしりと大きな石橋にきまっていた。市電がチンチン、トラックもがんがん渡ってびくともしない。歩道の四角いコンクリート敷石は、端から端まで四十二枚。それをぴょんぴょん跳ねて数えて渡るのが習慣でした。

ところが、こんなお粗末なちっぽけな橋が、ほんものの土橋なのだとは！　ではものごころついてこのかた馴染みの土橋は、ニセモノなのか？

つまりは、西銀座の土橋は固有名詞で、植物園で出会ったのは普通名詞の土橋であった。と文法的に整理できたのは、はるか後年のことです。固有名詞と普通名詞が衝突のおどろきを、おそらくこのときにはじめて体験したのだ。

　遠足の画題で描くとなれば、もっとも衝撃的なこの場面だ。けれどもどう描いたものか。道からのつづきで橋の上をぜんぶ土色に塗らなければ。とすればそれは俯瞰図になる。高台のほうが林で、下のほうは平地だった。そこを遠足の隊列がゆく。

　そうして描きあげてみたら、隊列の行く手に茶色い大きな板が立ちはだかったようでもある。描きは描いたものの、途方に暮れた気分で提出した、ような気がします。


　小石川の植物園に、この土橋は現にあります。入口からはずっと奥の行き詰まりに、瓦屋根で紅白の壁の旧東京医学校の洋館があるが、その手前です。中年のころは大塚に居住した時期もあって、折々におとずれた。そのたびにこのかわいらしい土橋の上で、しばしたたずむ。

　西銀座の土橋は、とっくに高速道路の下の、ただの通路です。まさかここが橋だったとはお気づきにならないかもしれないが、残像はなくはなくて、通りかかるとやはり私は、つい瞬時たたずみます。

10　人形ノオツカヒ

木曜日ニ、米國カラ、ミスター・アメリカ、ミセス・アメリカ、ガ、泰明學校ノ、カウドウヘ、來マシタ、カウドウヘ、ハイッタ、時、ミンナガ、手ヲ、タタキマシタ、サウシテ、人形ガ、イスニ、コシカケマシタ、サトウサンガ、カミニ、ナニカ、カイテアルノヲ、ヨミマシタガ、ヨクワカリマセン、ヨミヲハッテカラ、米本君、ノ、兄サンガ、オムカヘノコトバヲ、ヨミマシタ。一バン、シマヒニ、米本海ゾウ、トキコエマシタ、米本君ニ、キクト、泰ゾウダ、ト、オシヘテモラヒマシタ、コンドハ、六年ノ、スギ田、ト、ユウ、人ガ花タバヲワタシマシタ、ソウシテ、ミスター・アメリカ、ノ、方、カラ、レイヲシテ、カヘリマシタ、アトカラ、ミセス・アメリカ、モレイヲ、シテカヘリマシタ、ボクハ、ナンダカ、チョット、ツマラナイキガシタ。

まずはかなづかいから。講堂は歴史的かなづかいではカウダウ。オシェテはオシヘテ、ユウはイフ、ソウシテはサウシテが正しい。例によって歴史的と現代と、ごちゃまぜに書いている。しみじみ現代かなづかいこそ、平易で使いやすいですなぁ。

ミスター・アメリカ、ミセス・アメリカ。ともに等身大の、大きな人形でした。友好親善使節としての、ご光来でした。

各地の小学校や幼稚園などを、こんなふうに歴訪したのだろうか。泰明は帝国ホテルに近いせいか、外国貴賓の視察などがときたまはあった。そのたぐいの出来事です。

ときは昭和十年の七月。この次の綴り方は夏休みにみた花火のことを書いていて、これが一学期の最後のものだから。

このときの状景を、とくに人形が講堂へ入ってきたときの様子を、さながらにいまも思いだせる気がします。

泰明小学校は三階建てだが、数寄屋橋公園側の外壁が丸くなっている一角は、おなじ高さで二階建て、下が雨天体操場で、上が講堂。ともに天井が高かった。

その講堂へ、いきなり全校生徒が集められた。木曜日の何時限かの授業をつぶしてのことだから、なにごとかと期待はある。

講堂の扉を入ると、奥の演壇にむかってたくさんの長椅子が整列している。そこへがやがやと生徒たちが収まった。

と、うしろの扉から、二体の人形が、人に担がれて入ってきた。男は黒い服、女は白い礼服だったかな、なにやら型通りの身なりで、背筋を棒のようにのばし、手足はぶらぶら揺れていた。

その二体が、まんなかの通路を、斜めになって担がれてゆくのを、われらは拍手でむかえた。そして壇上の用意の椅子に据えられて、上記の通りの式次第が進行したのであります。

正直な話、大きいばかりでむしろ無細工なこんな人形が、どうしてお客さまなんだろう。もっとしゃれたマネキン人形たちが、デパートのウインドウにいくらでも並んでいるではないか。

お迎えの言葉も、花束贈呈も、六年生の男女の優等生が選ばれて用意されていたわけだ。型通りのそれだけのことで、人形は退場する。斜めにひっ担がれてでてゆくのを、われらはまたお義理に拍手して送った、のであろう。

二年一組小沢信男は「ナンダカ、チョット、ツマラナイキガシタ。」

八歳児の語彙でぎりぎりの表現だな。いまの私が代弁すれば、このときこの少年は、ナンダカ異様な思いがした。大人たちは時にまったく気が知れない。わざわざこんなことを仕組んで、それでいったなにがどうなんだ？　チョットどころでないツマラナさが、こんにちに残る印象となったのでした。

文中、ふしぎなくだりもあって、サトウサンとは何者か。先生なら先生と書く。さては来賓か。サトウと名乗る人物が、この催しの趣意書のたぐいを読みあげたのかもしれません。お迎えの言葉に先立つ、さいしょの発言だもの。

せっかくのその発言が「ヨクワカリマセン」。この八文字の横に、赤鉛筆で丸が八つ添えてあるのが、ふしぎなのです。

担任の高橋先生は、ときおりこういう丸々をくださった。たとえばさきの「エンソク」では結びの、寝床に入っても「ナカナカ、ネラレナカッタ」のところに。その前の「トホクワイ（その２）」では、転げた川端君を「ボクガ、オコシテヤリマシタ」のところに。（さもあろうね）とか、（感心、感心）とか、丸々を添えて褒めてくれるのです。

しかし「ヨクワカリマセン」のところが、さもあろうね、感心々々、とは？　さては高橋先生にも、サトウサンの趣意書の読み上げが、呑みこめなかったのではあるまいか。

グーグルで検索すると、昭和二年（１９２７）に日米友好親善のお使いとして、人形の交換がおこなわれた。アメリカの子どもたちが持ち寄った素焼きのベビー人形が、約一万二千体も日本の子どもたちへ贈られてきた。それを全国各県の小学校や幼稚園に配分したという。

日本からは返礼として、上等な市松人形が五十八体、鏡台や箪笥《たんす》もそえて、日本の各県からアメリカの各州へむけて、という趣旨で贈られた。当時は船便の往来で、日本からはパスポートと一等船客切符を調えたという。荷物にあらず、使節として人間なみに扱ったのでした。

アメリカ側の提唱者は宣教師シドニー・ギューリック。日本側の仲介者は渋沢栄一。当時アメリカでは、低賃金で働きまくる日本移民を締め出すべくいわゆる「排日移民法」が1924年（大正十三年）に成立していた。そんな憎しみ合いよりも、末永き友好を。というかなり本格的な民間外交事業であったようです。

あちらで排日移民法が成立した年に、こちらでは大正大震災があった。諸外国から救援が寄せられたなかで、アメリカから飛びぬけて厖大な義捐金《ぎえんきん》がきた。そのカネの一部を使って、焼死者四万の被服廠跡《ひふくしょう》の隣に、同愛病院が建てられた。まさに友好の時節でもありました。

その後、日本は昭和六年に満州事変という侵略戦争をはじめて、列強諸国の非難を浴びる。昭和八年には国際連盟を脱退する。

けれども国内的には、活動写真とレコードの普及期で、ジャズが流行った。子どもらの人気者も、ポパイ、ミッキーマウス、ベティちゃん、みんなアメリカ渡来だ。むしろ親米気分の日々でしたよ。

国際的には孤立すればこそ、日米友好の民間親善外交の夢よふたたび、という活動が起きても、さほどふしぎはない。

だが、この昭和十年の出来事は、グーグルでもすぐには見当たりません。ようやくたどりついた情報によれば、ミスターとミセスの二体のアメリカ人形は、ニューヨーク市長から東京市長へ、親善使節として派遣されたのだという。往復ともに日本郵船の客船が一等特別室を提供した。帝国ホテルに泊まり、名所を観光し、日本郵船の本社も訪れた。さてはこの会社が肝煎りだったのか。

日本郵船が、戦前に刊行していた英文広報誌の1935年8月号に、この記録が載っている由で、東京から名古屋、京都、大阪、神戸、別府、熊本、長崎、等々をめぐり、各地で盛大な歓迎をうけたという。添付の写真は二人の人形が乗船手続きをするところ、船上でのすき焼きパーティに臨席の様子など。要するに、ニューヨーク市長への報告を兼ねての、友好親善報道でした。

これが八月号で、泰明へきたのは七月とすると、帰国間際の、だいぶくたびれた人形たちであったのか。昭和二年の夢よふたたび、の壮図は汲むとはいえ、ゆく先々で、はたしてそれほどには。

ともあれ時勢は、ほどなく急変した。翌昭和十一年二月には二・二六事件が勃発する。この国はいよいよ軍国化へ傾斜して、昭和十六年十二月八日には、日米開戦となってしまうのですから。

以来、星霜七十余年。こんにちでも、昭和二年の人形のお使いに関しては、かなり詳細な記録があります。約一万二千体のベビー人形は、戦争中にあらかた破砕された。なにしろ鬼畜米英の落とし子だもの。

しかし、さいわいに三百数十体は、諸処に現存するという。アメリカ側には四十体ほど現存する由。おりふしに話題の、新聞種にもなっておりますね。

ところが昭和十年の人形のお使いには、日本郵船広報誌以外にはさっぱりみあたらない。あるいは、型通りの歓迎とはいえ、うそ寒くもあったらしい記録は、この小学二年生のツヅリカタ一本きりかもしれません。やむえない。せめてツヅリカタの、その後の報告をしておきます。

お迎えの言葉を読みあげた米本泰三氏は、同級生の米本和夫君のお兄さんでした。兄弟ともにがっしりした体躯《たいく》で、兄さんのほうが背高く、かっこうよかった。

米本家は「すみや」という有名な鼈甲店で、銀座七丁目の表通りに、資生堂とならんでありました。間口はごく狭いが奥行きが深いお店で、その狭い入口の壁に、鼈甲がまるごと一匹、つやつやに磨かれて掛かっていた。

鼈甲の品は、耳搔きだって貴いのに、それがまるごと一匹ですものね。みあげるだけでも後光が射すようでした。

その有名店の御曹司の泰三氏は、長じてやがて学窓より予備学生として海軍将校となり、南方戦線へおもむいた。ミスター・アメリカたちと戦う身となったのでありました。ほどなく敗戦。捕虜となる。収容所における某月某日、ミスター・アメリカの将校たちと、1935年（昭和十年）の「人形のお使い」を歓迎したことを、語りあう機会などが、あったかもしれません。

やがてぶじに復員、家業を継いだ。資生堂がザ・ギンザへ拡大改築する折に、その一角へ入って「すみや」のコーナーを設けた。鼈甲に装身具に、弟の和夫君ともども家業を発展させたのでありました。

ザ・ギンザは、その後さらに改築を重ねた。「すみや」は日本橋へ事務所を移し、経営主もつとに世代交替した、と聞いていました。

平成二十五年(2013)一月末日、とつじょ、米本和夫君の訃報を聞く。享年八十五。二月四日、青山の名利梅窓院《ばいそういん》での通夜におもむく。祭壇に、がっしりした体軀の和夫君の遺影が、ほほえんでいる。おもえば泰明学校で駆けずりまわっていたころから、ふだんの顔がほほえんでいる、陽気で優しい少年だったなぁ。

ご住職の読経、説教のあと、お清めの席で、銀座八丁目の和装小物の老舗伊勢由《いせよし》のあるじ千谷俊夫君と、もと参議院担当医師の伊井義一郎君と同席する。

伊井君が言う。「だいぶもうクラス会をやってないなぁ」

千谷君が、飾りなおした遺影のほうを顎でしゃくって「そうさ、あれが動かなきゃ、どうにもなるもんか」

そうか、元気者の中沢骨董店も閉じたしなぁ、と私がつぶやく。

「ヨネちゃんは面倒見がよかったよ。チーちゃんとはいつも一緒の仲好しだったねぇ」と伊井君。

「ウチが近かったもの」と千谷君。

「どう、バトンタッチしませんか、チーちゃん」と伊井級長。

フンと鼻でわらって千谷君は、むかしはすらりと長身の美少年だったが、いまや横幅もたっぷりの泰然自若なのでした。

一人と三人きりのこの集いが、昭和十五年卒業の泰明小学校男子一組の、おそらくは最後のクラス会でしょう。

人形がらみで、雛人形の絵をお目にかけます。これは小学三年生のときのクレヨン画。宿題で、わが家でゆっくり塗りこんだのでしょう。

ウチには妹が二人いて、例年二月のうちから雛壇を飾った。ふくざつな雛壇を父が手際よく組み立てて、赤い毛氈《もうせん》をかけ、雛たちを箱からだして飾ってゆくのを、はたでわいわいさわぎたてる。空箱の山は、雛壇のうしろの暗がりへ押しこむ。

二間きりの居住空間に、こんなものを飾りたてたら窮屈だったはずなんだが。パアッと部屋中が派手になって、その間はお祭り気分ですごしたのでしょう。

五月の端午の節句の飾りは、くらべたらよほど地味だった。兄と私と、弟がやがて生まれて男児は三人の多数派なんだが。鎧甲《よろいかぶと》、弓矢立ての武者道具のミニチュアと、足柄山の金太郎の人形などを、手狭な壇にならべる。そのオモチャの弓で矢を射てあそぶうちに、矢数が半減してしまった。

五月の楽しみは、柏餅と、菖蒲湯《しょうぶゆ》かな。銭湯の湯船に、刀のような菖蒲の葉が浮いている。おりおり三助さんが、新しい葉を気前よく投げこんでくれる。その葉を向こう鉢巻きふうに頭に巻くのは、丈夫に育つようにというマジナイでしたか。


やはり華やかなのは三月だ。その雛壇の主役たち、妻夫雛《めおとびな》と、三人官女を描いた、型通りの図柄ながら。

このたびみなおして、人形たちの顔に目を惹かれました。上段の男雛と女雛は、いかにもお坊ちゃま、お嬢さま面で、女雛のほうが多少は賢そうかな。

くらべて三人官女は、三人とも伏し目で、向かって右の大柄な官女は、眉をひそめてなかば投げやりな風姿ではないか。左の痩せぎすな官女は、諦念ないし沈思の拳を握りしめている。まんなかの官女はもはや泣きべそで坐りこんじゃった。

ホント！　ウソっぽいようだが、つくづくご覧ください。ほらね。なにやら不穏な気配の彼女らにみえてきませんか。

じつのところ三年一組小沢信男は、黒いクレヨンでチョンチョンチョンと目鼻をつけたまででしょう。そのチョンチョンが、いまの私に語りかける。

ハッと気づけば、いまさらながら、三人官女も五人囃子も、美しい日本の宮仕え。左大臣と右大臣に見張られた労働者ではありませんか。残業代なしの超過勤務の日々もあったりして、もうやってられないよの風情でした。

11
花火

八月九日のばん、ゆいがはまのうめたてで、花火をしました、ぼくも見にいきましたが中々やりませんでしたすこしすると、しゆっずどんと、空高く上りましたそれは、かはり星でした色色にかはりました、つぎは早うちでした、しゆっしゆっしゆっと上りましただいだい色のぼうが出ましたぼうのさきでどんとなりましたきれいなばらがさきましたこんどはしかけ花火でした、色色なものが上りました、つぎはしだれやなぎでした、ほんとうのやうにきれいでした、すこし見てゐるうちにねむくなったのでかへりましたが花火のことばかりかんがへて中々ねむれませんでした。

これは、ひらがなで書いた最初の綴り方です。

以後はすべてひらがな。どうやら当時は、第二学年からひらがなを教えて、九月の二学期から実習に入ったのだな。

やたら打ちまくっていた読点は減ったが、あるべき句点がなくて、最後に一つだけマルとある。句読点が呑みこめていない状態は、以後も続きます。

はるか後年、山下清の『裸の大将放浪記』を通読した折に気づいたが、写真版でみる原文には、句読点も改行もいっさいなかった。日記もハガキも、用紙の右上から左の下端までびっしり書くのが通例でした。どうやら彼は、小学校低学年の綴り方の要領で、生涯を押し通したらしい。

この二年一組小沢信男の綴り方も、いくらか山下清的だぞ、と懐かしい気持ちになります。


当時は毎夏、鎌倉へ避暑に行っていました。漁師さんの家の離れの一間とか、どこぞを借りてひと夏をすごす。町場の子はとかくひ弱につき、せめて夏場は海辺で鍛える。というのが、一種の流行でした。

じつは銀座の隣町の京橋で、父の従兄の山田さんが日英舎という印刷所を営んでいた。同郷の一番身近な親類で、父はなにかと頼りにしていたらしい。山田家には六人の子がいて、やはり夏ごとに鎌倉へゆく。その山田家に、わが家は見習ったのでした。

某日、父は鎌倉へゆき、不動産屋の案内で二三の物件をみて、七月下旬から借りる契約をしてくる。ある夏は海辺に近い汐の香のつよい部屋で。ある夏は表通りに板塀をめぐらした家で。ある夏は江ノ島電鉄片瀬駅の裏手の、にぎやかな家だった。毎夏なじみのお家を借りる手もあったろうに、年ごとに環境が変わるのも、おもしろいのでした。

夏休みに入るや、母と子ども一同と女中さんと、全員の夏布団一式と鍋釜茶碗まで、大きな布団袋に詰めこんで、新橋駅からチッキ（鉄道小荷物）で送りだす。なかば引っ越しのような騒ぎでした。

その部屋へたどりつくと、おおかた一間に濡縁《ぬれえん》の庭付きくらいの部屋でしたが。狭いところでごちゃごちゃ暮らすのは生まれてこのかた慣れている。台所つきか、母屋と共用だったのか、炊事して暮らしだすと、肉屋や魚屋の御用聞きがまわってくる。顔見知りで、今年はこちらですか。よろしくね。などと母と挨拶している。

さっそく山田家と連絡をとり、両家で連れだって、大仏さんなどへお参りにゆく。

山田家の六人の子は、みんな学区外の泰明小学校へ越境通学した。泰明学校の印刷物を日英舎が請負っていて、なにかと融通がついたのでしょう。長女はもう大人っぽいお姉さんで、五番目の子が私と同学年でしたが、クラスが彼は男女組の二組だった。

毎日、天候さえよければ、水着姿で浜辺へゆき、山田家のパラソルへ合流する。山田のおばさんは大柄の肥軀《ひく》で、わが家の母は中柄の肥軀で、この二人でパラソルの下はほぼ満員だ。母たちも水着になった折がないではないが、おおかたは浴衣姿で悠然としていました。

子ども同士で波に乗り。砂浜のブランコを漕ぎ。私は泳ぎがへたくそで嫌いで、波うち際の砂遊びが大好きでした。

ヨシズ張りの休み茶屋が軒をつらね、そこの手漕ぎのシャワーはだれもが使えた。ヨシズの日陰から、波うち際までの広い砂浜が、日盛りには熱く、裸足ではアッチッチとやけどしそうでした。

あぁ、こんな思い出話は、きりもないなぁ。鎌倉ゆきは小学生のときかぎりの数年だったのに、なにか無尽蔵に楽しかった気がします。

毎朝、浜辺へラジオ体操にゆき、遅刻しても出席のハンコさえもらっておけば、夏の終わりに褒美がもらえた。

昼のうちは海ばかりか、麦藁帽をかぶってトンボやバッタを追いまわした。もちろん少しは宿題もやった。

宵にまた浜辺へゆけば、歌唱大会や映画上映や、毎晩なにかがある。砂浜に立てた白布のスクリーンは、混みあえば裏側にも観客が坐りこむ。役者の着物の襟も、腰の刀も左右が逆になり、丹下左膳が右膳になるのだけれども。さほど気にならないのでした。

それにしても、この夏のあいだ、銀座のわが家では、どうしていたものか。父と、住込みの助手と、男手で炊事や洗濯をしていたのか。

おおかた、そうです。いや、女中のお姉さんが、おりおり銀座へもどっていた。母は終始鎌倉にいた。わりと悠然としていた。

日々遊ぶことばかりに熱中していたが。おもえば鎌倉暮らしは、母にとっても、おおいに骨休めだったのでありましょう、たぶん。

あるいは父にとっても案外に。父はなんでもできる人で、弱年で上京して新聞配達の住込みから叩きあげている。女房子どもが消えたにわか独身が、サバサバと気晴らしの面もあったのではあるまいか。つまり、やはり、親の苦労などをガキが気づかうことはないのだ。

二月八月は商売がヒマな時期だし、父もときに、稼業は番頭格の山口さんに託して、鎌倉へ一泊の骨休めにくる。

好機到来！　この日こそ父にまつわりつく。浜辺には、軒をならべる休み茶屋のほかに、射的、楽焼《らくや》き、ベビーゴルフ場などがある。それらを一度に全部とはいわない。父がくるたびにねだっていけば、夏ごとに全部が楽しめたのでした。

近年の鎌倉は、どうなのか。ときたま鎌倉文学館などへ季節はずれに行ったついでに眺めると、道路がやたらに整備され、砂浜は哀れに縮んでいる。これが由比ヶ浜!? 落ち目だなぁ。とはいえ、むしろ滑川《なめりがわ》のさきの材木座の浜へもひろがって、夏場は一面にビーチパラソルの花園だとか。

一間貸しの風習などは、いまや昔。当世むきの滞在施設がさまざまに備わって、ますます盛大に賑わっておいでなのでしょう。花火大会も恒例らしい。

綴り方へもどります。

花火大会は当時も夏ごとにありました。おおかた舟から打ち揚げ、仕掛けのナイヤガラ瀑布などは火の粉が波間に散って壮観でした。この年は、あるいはこの年までは、埋立地でやったとみえます。

沖へむかって右手に、稲村ヶ崎の岬がせりだし、その山裾の広い埋立地が、いまは坦たる道路だが。当時は草茫々の、バッタどもの住処《すみか》でした。その草の原へ、花火の筒を据えたのでしょう。

母にせがんで、はやばやと浜辺へきたものの、だいぶ待たされたとみえます。そのうち、しゅっずどんと、いきなりはじまった。

その日は八月九日であった。

『明治大正昭和世相史』の、昭和十年（１９３５）の頁には、この日の前後に次のような事項が並んでいます。

8・3　各学校へ「国体明徴」訓令される

8・12　永田鉄山少将、相沢三郎中佐に軍刀で刺殺される

9・1　第一回芥川賞に石川達三「蒼氓《そうぼう》」

時あたかも、こういう世情国情であった。

それぞれに註を添えれば。この年の春に、従来の定説だった天皇機関説が、にわかに異端の学説とされ、その機関説を代表する美濃部達吉の著書は発禁になり、当人は不敬罪に問われた。それは起訴猶予になるが。そもそも昭和天皇は美濃部達吉を支持し敬重していたという。してみればむしろ不忠の輩どもの政府が、天皇主権説の「国体明徴」を宣言し、各学校へ、さよう心得よ、向後《こうご》機関説などを教えたらタダではおかぬぞ、と通達したのですな。そしてこれは十年後の、とことんの敗戦にまでひきずった「国体護持」へつながるわけだ。

当時、市ヶ谷の高台にあった陸軍省の軍務局長室で、局長の永田鉄山少将が刺殺される。軍部の権力争いが起こした事件で、統制派の中心人物を皇道派の将校が襲った。下

手人の相沢中佐は秘密裁判で死刑となって消され、争いはいよいよ熾烈となる。戦争を任務とする軍の中枢が、ともに尽忠報国を唱えつつ刃傷沙汰におよぶ。あえて単純にかたづけるならばエリート派と民草派が、はでに抗争して天下を脅かしつつ、国の権力を握って戦争また戦争へなだれこむ。

そして十年後の敗戦を迎え、この市ヶ谷の高台で、極東軍事裁判がひらかれた。その後は駐日米軍司令部となって星条旗がはためいていたけれども。幾星霜《いくせいそう》をへたただいまは、防衛省の所在地です。

芥川賞は、こんな騒動のさなかに発足しました。第一回受賞作の石川達三『蒼氓』は、ブラジルへむけて神戸港を発つ移民たちの仮の宿「国立海外移民収容所」の数日間を描く。食うにも食えず郷土を離れる東北農民たちの窮状の、ルポルタージュ的な描出が新鮮でした。芥川賞は、こういう作品でスタートした。

当時この国の支配層は、中南米への棄民政策のかたわら、中国大陸へ満州傀儡《かいらい》国をつくり、さらなる武力進出を画策していた。

そうして、鎌倉は花火大会です。

まずは「かはり星」が夜空にいろいろに変化した。それから「早打ち」で、と次々に記しているけれども。この綴り方は、二学期の教室で書いている。花火の夜からたっぷり一ト月は過ぎている。そんな以前の状景をこの二年生は、用紙の枡目にひらがなをならべながら、どうやら脳裡に再現しているらしい。

その再現によれば、「しだれやなぎ」のあともなおすこしみるうちに、ふいに眠くなった。熱心に見つめすぎてくたびれたか。部屋にもどって、しばらく気絶したように眠ればば正気づく。寝床のなかで、また花火の様子をありあり思い浮かべて、眼が冴えてしまったのですなぁ。

この二年生が、いまの私は、いくらか羨ましい気がします。

その後、諸処の花火大会をみてまわった。両国の川開きの花火をみたのは青年期で。それが中止となり、やがて上流の隅田公園と駒形橋下流の二ヶ所で再開されたころは中年で。それから多摩川の花火、荒川、江戸川、月島の花火、熱海の花火、などと諸処をみてまわるうちに、壮年から老年になりました。

隅田川の花火が、いちばん長いつきあいになります。いったん止んで再開したころが華であったかも。悪臭で死にかけた隅田川が復活の祝砲でもありましたから。その夜は辻々に縁台がでて、歩行者天国の道路にゴザをひろげた。川沿いの町々がいっせいに歓呼の声をあげるさまを、眺めてまわるのも楽しみでした。

ある夏は、隅田川べりの運動場に陣取ったら、風向きで火の粉やカケラまで降ってきて、アッチッチ。花火を浴びるたのしさでした。

そんな野放図が、だんだん消えた。川べりにビルがにょきにょき建ちならびだすにつれて、つまらなくなってきた。ひとびとが随所の地べたで盛大に楽しんだ花火が、高層ビルの窓々からエリート族がご覧のものになるような。

くわえて寄る年波。もう何年も現場には参りません。せめて谷中の寓居で、隅田川花火大会の音を愉しむ。高く打ちあげたやつの上半分ぐらいは屋根越しに、二階の物干場からみえます。東京湾の花火も音だけは聞こえる。ある年は大晦日にやたら音をひびかせやがった。真冬の花火なんて、打ちあげる連中も着ぶくれているんでしょう。

それにしても、打ちあげる花火の順序などを、いったいだれがおぼえるものだろう。まして一ト月後に、まがりなりにもくりかえして想起できるとは。初心とはこういうものか。

おもえばこの鎌倉の一夜が、わが花火見物史の事始めでありました。この二年生の頭を、撫でてやりたく存じます。

このたびは模写の絵が三枚です。

まず浜辺の景二枚は、エハガキを拡大した。三年生のときのクレヨン画です。

さしずめ稲村ヶ崎の高台から、東を見晴らして「由比ヶ浜の朝」。回れ右して西に「七里ヶ浜の絶景」でしょう。右横書きのタイトルが、いかにも当時だ。

由比ヶ浜はこんなにも広い砂浜でした。漁舟が浜に三艘、見えづらいが波間にも三艘ほど。この絵は細部を省略していて、砂上の舟たちは、鉄道の枕木のようなものをならべた上に乗っていた。海へでるときは枕木を前へ前へと移して波間へ押しだしてゆく。もどれば逆に、浅瀬から枕木をならべて、順に移しながら砂上へ押しあげる。いまも波打ち際の舟には、そうして立ち働く人々の姿があるのでした。

ときには昼日中、海水浴に群れるなかで、

地引き網を揚げることもあり、水着の若者たちも曳き縄にとりついて手伝った。
そもそも鎌倉の浜は漁村だった。この絵は、その朝の景です。

回れ右して、七里ヶ浜は、まず砂浜の色がちがった。浅黒くて、狭かった。波も荒そうで、ろくに人影のない海岸でした。

その浜辺を江ノ島電鉄が走っていた。たまに乗る車窓から眺めるのみだから気づかなかったが、高台からはこのように富士山がみえて、だからこその「絶景」でしょう。

これにも省略はある。むこうの山裾から江ノ電のレールが現れ、浜辺をほぼ一直線に通って、停留所だってエハガキには写っていただろうに。面倒くさいものは無視して、二つの浜の、砂色のちがいを強調した模写でした。

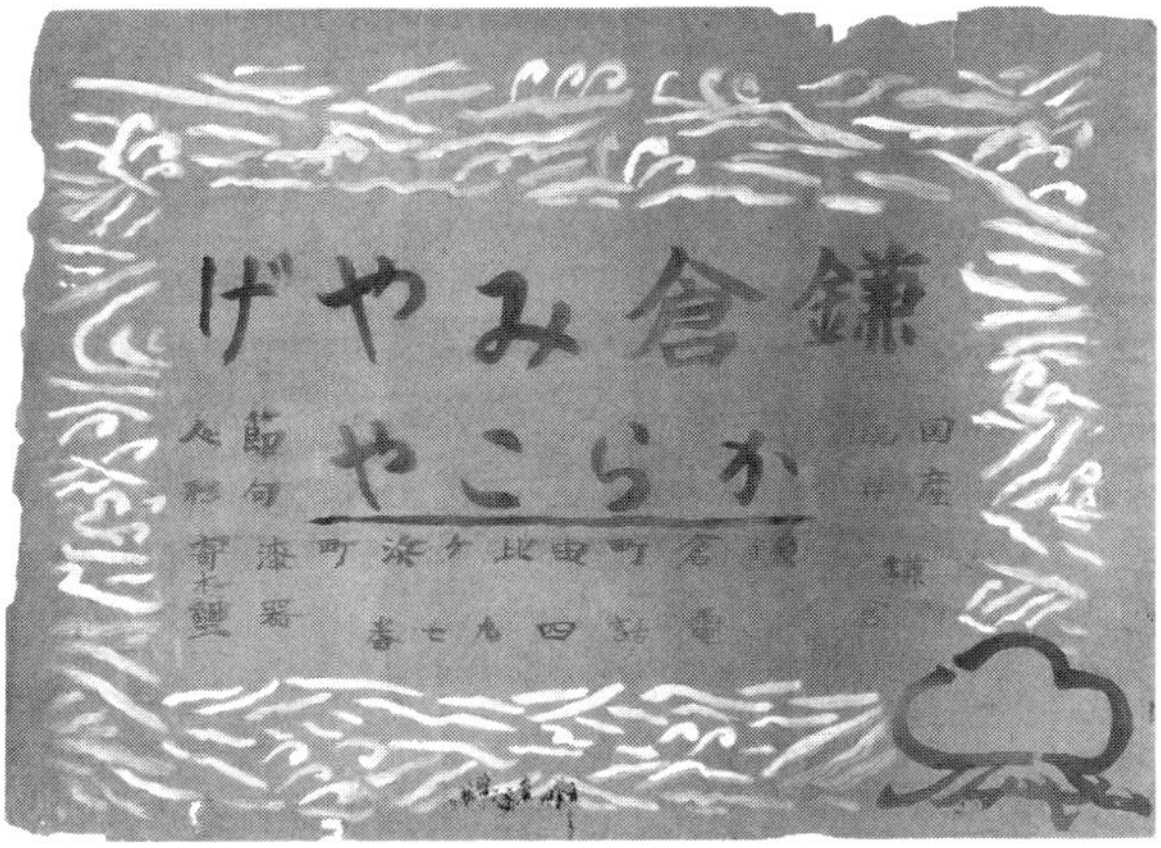

　もう一枚は、土産物屋の包み紙の模写で、裏に「6ノ1　小沢信男」とある。六年生のときの水彩画です。

　大きな画用紙で、縦二十八センチ、横三十七センチはあるが、包み紙には小さすぎる。つまり、こちらは縮小模写でした。

　鎌倉駅前には土産物屋が軒をならべていた。その一軒の「からこや」で、なにを買ったのだろう。包み紙には「国産玩具　鎌倉彫　節句人形　漆器　寄木細工」の文字がある。

　わが家のそこらに鎌倉彫のお盆や、寄木の小箱などがあったものだが。エハガキも、このお店で買ったのかな。

「からこや」についての調べでは、大正十四年（1925）に、玩具店として創業した。右記の品々を商って三代栄えたが、平成十九年（2007）に閉店された由です。してみれば、創業十五年目の包み紙だ、これは。

たぶん図画の宿題として、わが家で描いたのでしょう。

教室で、包み紙の図案を描かされたこともあったなぁ。

図画・工作と音楽には、専門の先生がいたけれども、ときにはクラス担当の先生が受け持った。先生たちにもご都合があるだろう。三年生以降は、高野茂家という太った大柄の先生が担任になり、卒業まで持ちあがった。

あるとき高野先生から、こんな課題がでた。包み紙をつくってごらん、どんなお店でもいいから。

ワァッと教室中が湧いた。ハイと海老塚君が手をあげて言う。「ぼくは小沢君のお家のをつくります」。海老塚君の家は仕舞屋《しもたや》で、わが家の車をよくご利用くださるお得意様の一軒でした。その親しみで思いついたのだろうが、高野先生が言う。「小沢君の家に包み紙は要るかなぁ」

それはそうだ。とつぜんわが家が話題になって、面食らいつつ衝撃をうけた。ひとくちに商売といっても、物品販売業とサービス業のちがいはある。ということに、いきなり直面した。おかげで記憶に刻まれ、こんにちに至る。さすが商業地の学校であったなぁ。

記憶はここで途切れて、さて、自分はなにを描いたかの覚えもないが。ともあれ、あのときは包み紙の創作だった。

この絵は、既存の包み紙の模写なのだ。写生好きの図画の先生の課題でしょう。

六年生の夏は、もう避暑へも行かなかったはずだ。翌年の進学への補習授業もあった。

しかし。この模写があるからは、短い日数でも出かけたのか。この包み紙が、さだめしさいごの鎌倉土産でした。

12 慰問文

へいたいさん、まんしうはさむいそうですね、ぼくたちは、まいにちげんきよく學校へ來て、べんきやうをしてゐます、東京もこのごろはすこし雨もふってゐます、へいたいさんも早くひぞくを、たいぢして、日本へかへってきてください、ぼくたちは、かへりをまってゐます、ではからだをたいせつにしてたたかってください、さようなら

昭和十年秋に、泰明小学校二年一組の教室で書かされた慰問文です。おりふしこういうことがあって、おおかた慰問袋に入れるためのものだった。

慰問袋は、日露戦争のころからあったそうですが。内地から戦地の兵隊さんへのプレゼントで、まずは木綿の手拭いを二つに折って両端を縫う。毎日針仕事をしている母親たちには造作もない。その袋へ、ちり紙や歯ブラシの日用品から、煙草やキャラメルや征露丸《せいろがん》や、女優さんのブロマイドや、あれこれ入れて、口を綴じる。町会や、大日本国

防婦人会などの呼びかけでつくり、まとめて軍に納める。

しかし手拭いでは、途中で破れもするだろう。厚布の「慰問袋」用の袋が売りだされ、やがてデパートなどに慰問袋用の品揃えのコーナーもできた。たびたびの呼びかけに、お義理でつきあう需要に、供給の商法があらわれる道理です。

慰問袋には手紙をそえるのが決まりながら。日々多忙な大人たちが、みもしらぬ兵隊さんあてに、頭をひねって書いているひまがあろうか。いきおい子どもらにお鉢が回ってくる。小学校の教室で書かせれば、大量の慰問文ができあがる。子どもらの幼い絵や習字なども兵隊さんによろこばれるとかで、それらはどこかでどうにかして、慰問袋に入れられていたらしいのでした。

これもその一例です。慰問文の稽古ではなかった。綴り方ならば表題の上に、三重丸か五重丸か先生の評価がかならず付く。これにはなにもありません。しかも、句読点がいつもいいかげんなやつが、めずらしくきちんと、よほどよそゆきに書いている。つまり慰問袋に入るはずのものだ。

それがなぜ、現にわが手にあるのか?

落第したのだな。各学年の各クラスで書けば、かなりの大量になる。そこで先生ががて手ごろなものを選りわけて、余りはもどしたのでしょう。

あらためて、見なおしてみる。ほぼ型通りの慰問文です。どこに不都合があるだろう。

時は二学期の秋口で、東京も秋雨しとしとだから、満州はいよいよ寒くなるだろう。満州国ができあがり、さきごろ皇帝陛下が来日して慶祝の歓迎をした。それなのに兵隊さんがまだ戦っているのは、匪賊《ひぞく》という悪者たちが諸処に出没するからだ。そんな山賊どもは桃太郎みたいにさっさと退治して、お早くお帰りください。おからだ大切に。

以上、先生や大人たちの話を聞きかじっての文章のはずです。満州事変がはじまって丸四年。いいかげんにかたづいてもらいたい、おおかたの気分ではなかったろうか。

それは認識不足だったにはちがいない。日本軍は、満州から華北へ、中国本土へ着々と進出をくわだてていた。そして、匪賊とは、抗日パルチザンの諸士であった。

この慰問文は、呑気《のんき》すぎたかな。お義理で書いている証拠みたいな短さで、だいいち勇ましくない。ここはお国を何百里はなれて遠い満州で、敵をさんざん討ちやぶる役目の皇軍兵士たちに、おからだ大切に、お早くお帰り、ではないものか。

お体裁にでもこのさいは、天皇陛下のためにいのちをまとに戦ってください、ぐらいには書くべきだったのか。

けれども、少年は、こう思ったままに、こう書いた。

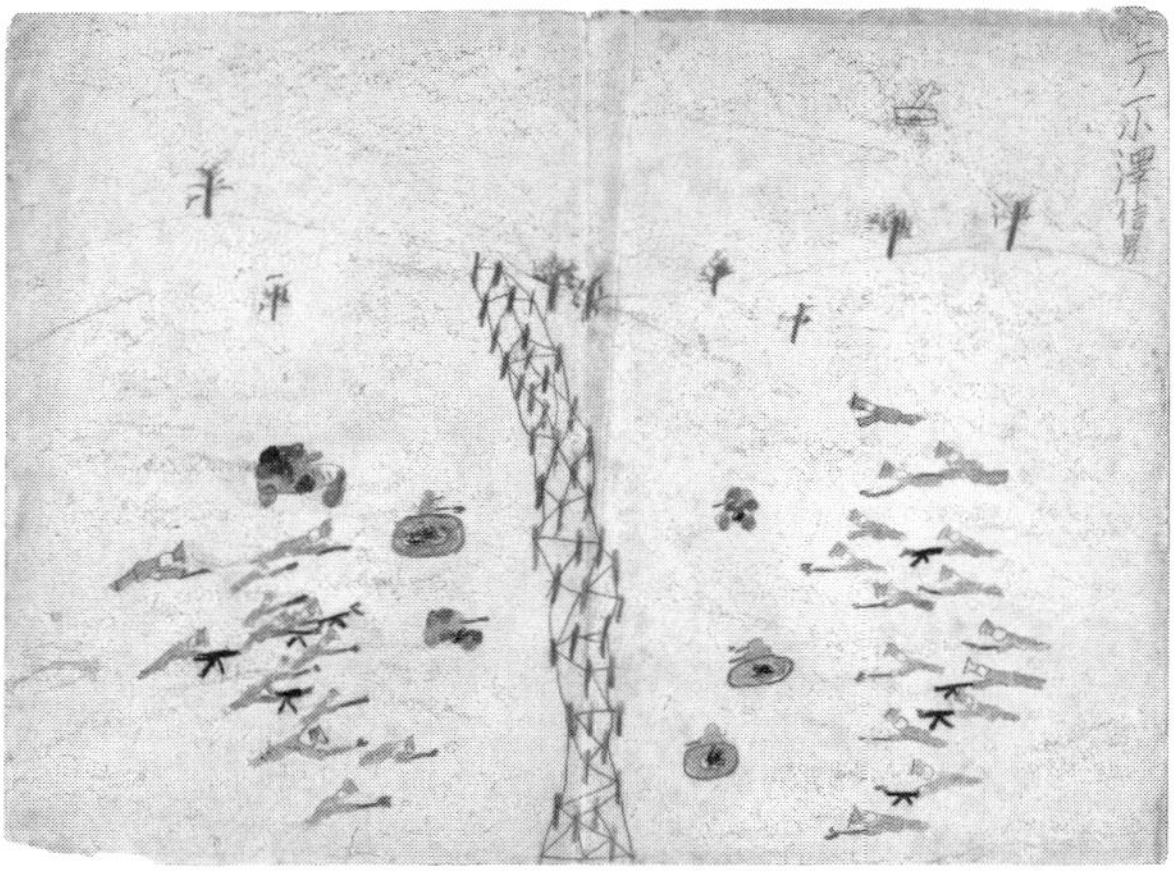

　画面の右上の隅に「二ノ一　小澤信男」と鉛筆書きがあります。慰問文に前後して、図画の時間に、戦争が画題になったのだな。いまより八十年前に、満八歳の少年が抱いた「戦場」のイメージです。
　まんなかの鉄条網をはさんで、両軍が対峙する。たがいにドンパチ撃ちあい、タンクも出動するだろう。戦場は、こういうものにちがいなかった。なぜならば、爆弾三勇士がいるではないか。
　当時、爆弾三勇士が、新しい軍神として大人気でした。ざっとご説明すれば。
　昭和六年九月に満州事変がはじまり、翌七年一月に飛び火して、第一次上海事変がおきる。この発端も日本軍の謀略だったそうですが、意外に強力な抵抗にあう。上海郊外の廟《びょう》行鎮《こうちん》で、敵は鉄条網をめぐらしトーチカにたてこもる。これを撃破するには、まず鉄条網を毀《こわ》さねば。

　そこで長い丸太ん棒のような爆弾をつくり、三人がかりで抱えてゆき、鉄条網へ突っこんでもどってくる、という作戦開始。工兵隊が何組もだすが埒《らち》あかず、いっそ導火線に火をつけたやつをかかえて、作江、北川、江下の一等兵三人組は、弾丸雨飛のなかを、倒れ、起きなおり、鉄条網へ着くやいなや爆破して、もろともに戦死。こうしてできた血路から突撃して、日本軍は勝利をおさめた。三人は二階級特進して、死後の伍長となった。

　これぞ兵士の鑑《かがみ》と、諸新聞が筆をそろえて書きたてる。映画になり、歌にうたわれ、銅像もできた。津々浦々に知らぬ者なしでした。

　この三勇士については、敗戦後に、あらためて調査考察がなされた。軍国美談は、どうしてどのように作られたか。実態は、作戦通りにいかなかった失敗例かもしれないのに、

ひたすら勇ましく美化した。のちの特攻隊の先駆けのごとくにも祭りあげた。

　ともあれ、ですから、鉄条網があってこその戦場なのだ。

　この絵の鉄条網は、それらしく描けている。しかし、両軍のどちらにも、防禦には有利、攻撃には邪魔だろう。公平な鉄条網です。

　兵士たちがさしだす棒は小銃で、二本脚の黒いのは機関銃のつもり。兵士の数は、両軍十五人程度で、ほぼ互角。ただし、鉄条網は手前に長く続いているので、大軍同士の衝突の一端なのでした。

　伏せの姿勢の兵士たちが、きちんと軍帽をかぶって行儀のいいことよ。街でみかける兵隊さんたちが、そのままの姿で戦争している。鉄兜や戦闘帽が、まだ身近でなかった証拠だな。

　場所は、満州の野原にきまっている。

戦争は、満州でやるものだ。どこかとどこかの国が戦争をしようと決めると、両軍が満州へ出かけていくのだと、幼い私は思っていました。日清戦争も、日露戦争も、おおかたそこらの戦《いく》さであった。現に慰問文の行き先が満州ではないか。何百里はなれて遠い満州は、赤い夕陽に照らされて、はてもない戦争用の原っぱなのだ。

世間の大人たちも、似たかよったかの気分でいたのとちがうだろうか。つまり内地と戦地は別物でした。遠い戦地でドンパチ撃ちあって、勝ったら勝利の凱旋をする。負けたらすごすごもどってゆく。

勝てば賠償金が取れてもうかる。領土もひろがる。日清戦争で台湾を分捕《ぶんど》ったおかげで、日本人は盛大に砂糖が舐められるようになったのだぞ。そのために犠牲になった若い衆を弔うべく、村々町々の鎮守の宮に記念碑が建つ。日露戦争もほぼ同様で。ただし旅順攻略のさいに、さんざん苦戦した。戦死者は日清のときの数倍にふくらんだのでした。

それにしてもこの絵は、せつないほどに牧歌的だな。右上の空に鉛筆描きの飛行機は、プロペラ複葉機だ。この五年後にはゼロ式戦闘機が登場するのに。

こんなことではすまないぞ戦争というやつは。と、いつ気がついたのだろう。

関東防空大演習は昭和八年九月に始まったそうですが。このとき桐生悠々《きりゅうゆうゆう》という人が、これを「嗤《わら》う」批判文を発表して、演習の無効と、やがて無残な敗亡をずばり予見した。ためにこの人は、信濃毎日新聞主筆の座を追われた。ということを、ようやく知って驚倒したのは、戦後もはるか後年のことです。

記憶にあるのは昭和十一年あたりから。まわりの大人たちが戦闘帽や鉄兜をかぶって、右往左往しだした。バケツリレー。負傷者の担架運び。そして夜は灯火管制。

　昭和十二年に支那事変がはじまると、灯火管制が日常になる。窓には年中黒いカーテン、明かりを洩《も》らすな。世を挙げて銃後という戦時体制へ追いこむべく、再三再四の防空演習だったのだな。

　昭和十四年には町々に警防団が組織されて、黒い戦闘帽が制帽になる。昭和十五年にはトントントンカラリと隣組ができて、回覧板が回ってきた。同年に、私は中学校へ進学して、黒い学帽で通いましたが、翌十六年の新入生からはカーキ色の戦闘帽になってしまった。同年末には太平洋戦争へ突入する。

　世の中が戦闘帽だらけになって、国民精神総動員。常在戦場。鬼畜米英。神州不滅。空腹かかえて妄想的になるばかりの果てに、爆弾焼夷弾が降ってきて、昭和二十年三月十日の首都東京の死者十万人。日清・日露の両役の戦死者の総計に、わずか一夜で肩をならべた。まさに桐生悠々の予言通りに、敗戦へ雪崩《なだ》れてゆきました。

　そんなざまになろうとは夢にもおもわぬまに。そのとき泰明小学校二年一組の教室では、満八歳児たち四十余人が空想的戦争画を、クレヨンにぎってさまざまに、たのしく描いておりました。その一枚をここにかかげます。

13 たかしまや

このあひだ、たかしまやへお母さんといった、そして五かいまでいって、ぼくのくれいよんをかったその時ぼくは、ずっと前にやくそくしてゐたきんこのことを思ひ出した、ぼくは、色色のきんこを見てようやっといいのをみっけた、そのきんこを買ってどんどんうへえいった、しよくどうの所へいったらきふにおなかがへってたべたくなった、だがおこられるからよしたそれからかさを買ったりしやつを買ったりしてかへった。

泰明小学校二年一組小沢信男の「私のつづりかた」十六本は、おおむねデス調で書いております。遠足とか、海軍記念日とか、先生がだしたお題に、お答えする気持ちか。デス調でないのが二本あって、二章目の「ツマラナイ」と、もう一つがこれ。どちらも自由作文だったのか。正直、読み返してもつまらない。

だが本人には、なにごとかだったからこそ書いたのでしょう。「このあひだ、たかしまやへ」。行った先は、日本橋のデパートです。そんなところへ、しかも母と二人きりで行ったのか。なるほど、いくらかこれは特別なようだ。

銀座通りには、松坂屋、三越、松屋と、デパートが三つもある。ことさら日本橋へ、地下鉄で往来するまでもないはずです。

松坂屋が、ウチからも学校からもいちばん近かった。屋上にのぼると、眼下にひらたくひろがる家並みのかなたに、海がみえた。築地魚河岸のさきの、東京湾のどん尻が。風向き次第では汐の香もしました。

この松坂屋は大正十三年（1924）に、松屋は大正十四年に落成開業した。ともに鉄筋本建築の八階建て。関東大震災の焦土から復興のシンボル的にそびえ立った。

尾張町の四つ辻の、三越は昭和五年（1930）に、服部時計店は昭和七年に落成開業した。松屋松坂屋に数年も遅れたのは、銀座通りと交叉する道が震災を機に倍に拡幅され、いまの晴海通りになる。その区画整理事業に手間どったのでした。

銀座一帯の三十二町を、北の一丁目から南の八丁目へ整理したのが、昭和五年だ。ものごころついたら世の中はこういう姿でしたが。おもえば私が育ったのは、ほぼ新品の銀座八丁であったのだな。

デパートへは、ときおり一家で揃ってでかけた。そのときは子ども一同よそゆきに着替えさせられた。ふだん着よりちょっとお洒落な服が簞笥からでてきた。

めあては松屋。ウチの車一台に総勢を詰めこんで、乗りつける。ご当地最大のデパートで、七階まで吹き抜けの中央大ホールが、松屋ならではの格別な景観でした。

エレベーターには、エレベーターガールがいて、頑丈なガラス戸と、折り畳みの引き戸と、二重のドアを開《あ》け閉《た》てする。ハンドルを操作して屋上へのぼり、地階へもくだる。

どこのデパートもそれはおなじだが。松屋にだけはエスカレーターが一基ありました。脇の入口を入って、地階へ下りる階段脇に。ぜひともそれには乗らねばならぬ。広い階段を歩いておりて、乗って、一階へもどる。その乗り口にエスカレーターガールがいて、乗りなれない客の世話をやき、とっさの場合はピタと動きを止めたりするのでした。

つまり、デパートへゆくのは、街中のピクニックのようなものだ。玩具売場と食堂と、それから屋上あたりが狙い目だけれど。親たちの買い物や、ひやかしにも、しばらく辛抱しなければならぬ。

やがて六階の食堂へ到着する。子ども用の高脚の椅子に腰かけて待つほどに、小旗をたてたお子さまランチが運ばれてくる。その日のたのしみのクライマックスでした。

あらためておもえば、両親は二十代の新婚のころに震災に遭遇している。避難し、暮らしをたてなおす日々のうちに、乳飲み子を亡くした。それから幾星霜。三十代にして家業を営む身となり、数人の子らをひきつれ、復興の殿堂たるデパートを訪れる。なにかしらそれは祝祭的な、ハレの日だったのかもしれません。

あの高脚の子ども用椅子は、いまもあるだろうか。無いはずはないか。

ともあれ銀座松坂屋は、先年とり壊されて更地になってしまった。道路をへだてたうしろの更地ともあわせて再開発、十三階建ての複合的商業ビルがほどなく落成でしょう。八階程度に肩をそろえていた銀座街が、いまや十階以上へ背伸び競争に突入している。

銀座三越は、わりと小柄で店内がかんたんに一回りできた。ところが近年は周辺をとりこみ大増築、ふくざつな広さになりました。十一階十二階が有名食堂街。地下四階の駐車場への案内人たちが、周辺の道路に常時待機している。

松屋は真四角な建物で、銀座三丁目の南の一角を占めていた。ならびに文房具の伊東屋があった。いまや増築して、銀座通りの三丁目すべてを占める。伊東屋は二丁目へ移った。銀座八丁で最大の間口はさすがだが、そのぶん奥行きが浅くみえる。往年の吹き抜けの大ホールも、ほぼ消えてしまった。

変われば変わる世の中だ。銀座通りは、舶来の高級ブランド店が軒をならべ、ゆきかう雑踏も異国語が囀《さえず》っている。
だけれども。服部和光の白い威容はびくともせずに、大時計が時刻ごとの鐘の音をひびかせているではないか。ならびのパンの木村屋も、山野楽器店も、真珠の御木本《みきもと》も、教文館も、それやあれやも健在ではないか。大正大震災後の区画整理このかた、道筋はなにも変わらない。歩けばやはりどことなく、旧地へもどった気分にもなります。

高島屋でした。綴り方へもどります。まずクレヨンを買った。文房具には多少の優先権があって、つねづねケチな親が、すぐに買ってくれたらしい。

つぎに買った「きんこ」とは、貯金箱のことです。銀色のミニチュアの金庫型で、背中に硬貨を入れる口、底に鍵つきの蓋《ふた》がある。鋳物だからこわれもせずに、多年わが家のそこらに置いてありました。

じつは、このくだりに、ギョッとなった。金庫型の貯金箱なんて趣味のわるいものを選んだのは、このガキなのか！　世田谷へ越してからも、それはあって、あまりいい思い出はないのです。ときたま父が五十銭玉を名残惜しげに入れていて、手に持つとけっこうな重さになっていた。それをあるとき母がとりだして使ってしまった。敗戦直後の万事窮乏的インフレ期。せっぱ詰まった事情がなにかあったにせよ、倅の目にも母の軽率にみえた。怒りっぽい父はアタマにきただろうが、それは承知の母の抗議的行動だったのか。子どものまえで喧嘩する夫婦ではないが、険悪な気配はありました。

そして敗戦の翌年の夏の盛りに、母がふいに病没する。戦中戦後の一家の主婦の辛苦の果てに。父子一同ほとほと途方に暮れた。

何十年たとうが、思いだせばつらいことはあります。

高島屋へもどります。食堂の前にきた。食堂とみればオナカガスイタヨウとか騒ぎたてるガキだったのだな。しずかにしなさいと、そのたび叱られていたのだな。

それから傘を買い、シャツを買い、あれこれ買った。ふだんは烏森の夜店で安物を探している母にしては、気前のいい買いっぷりだ。シャツは父か子ども用にちがいないが、傘は、母用のしゃれた日傘であったかも。

察するに、高島屋の商品券を、父がどこかで貰って、それを母にプレゼントしたのかな。おおかた、いや、それにちがいない。商品券は、額面の金額は使いきらねばならない。お供のガキのクレヨンからはじめて、母のささやかな豪遊の一刻《ひととき》でありました。

父にせよ母にせよ、出かけると聞けばまつわりついて、折々はまんまとお供になれた。そうして見知らぬところへ行くのが大好きなガキでした。

　これは懐かしい。家族一同が松屋へ乗りつけたのは、まさにこの型の車でした。後ろの客席がだんぜん広い。運転席の後ろに畳みこみの補助椅子が二つあって、それをパタンとひきだせば坐れる。大人には窮屈だが、詰めればけっこう何人でも乗れた。

　当時の乗用車は、おおかたこんなスタイルで、車体の両側に踏み台があり、背中に補助のタイヤをつけていた。

　運転席には、運転手と助手と、営業車は二人が乗るのが通例でした。

　このスタイルは、馬車に由来するのでしょう。馬の代わりにエンジンを先頭にとりつけた。馭者台《ぎょしゃ》が運転席に。馬丁《ばてい》の助手は駆け足では追いつかぬから隣に乗せた。

　そこで馬丁あらため助手の仕事は、出発にあたり馬に水を飲ます代わりに、エンジン冷却用の水を車の先頭の穴へ注ぎ込む。手回し棒を突っこんでエンジンを始動させる。ゆく先々では、飛びおりて客席のドアをあける。ようやく車庫へもどれば、運転手は悠々と休憩室で一服なさるが。助手は、馬の脚ならぬタイヤの泥を洗い落とし、車内も清掃して、やっとひと息つくのでした。

　車が右折するときは、運転手が右の窓から右手を出す。左折のときは助手が左の窓から左手を出す。助手はやはり欠かせなかった。

　矢羽式のウインカーが現れたのが、昭和十年代のこのころだ。運転席の左右に耳のようにとりつけ、スイッチ一つで赤い矢羽が、右へ、左へ、ピッと立つ。わが家の四台の車は、あるとき一気にこれをとりつけた。助手の必要が一つ減った。

　絵の車には、まだそれが付いていない。この絵にはサインもないが、やはり昭和十年、二年生のときの絵にちがいないです。

　ほどなく、流線型という言葉が流行りだして、四角い自動車が、みるみる丸みをおびてきた。前掲の車は、あきらかに旧式です。

　営業用の車は、おおかたアメリカ製の中古車でした。まずはフォードが定番だが。わが家では、ダッジ、ビュイック、テラプレーンなどでした。流線型が流行るとなれば、借金しても買い換えねばならない。

　あるとき、格安の中古良品が神戸に出たと聞き、父はそれを落札した。運転手一名をひきつれて汽車で神戸へゆき、交代で運転しながら帰ってきた。たいへんな苦労だなぁと、子ども心にも忘れないが。

　いまにしておもえば父は、あの時代に、流線型のビュイックかなにかで、東海道のドライブ旅行をやってのけた。楽しい苦労。どこか道楽っ気のある稼業だったのか。

画中の車はいまや疾走中で、見えづらいが、ちゃんと排気ガスを描いている。運転しているのが父で、客席にいるのは幼い妹を抱いた母だろうな。

しかし。車体が緑で、屋根は青。タイヤは茶色で、道は真っ黒。こんなカラフルな車が、バス以外に当時あったものか。わが家の車はすべて黒いボディでした。道路は、銀座界隈ならばおおかた白っぽい。

つまり写実ならば、白い道路に黒い車だ。しかしせっかく買ってもらった新品のクレヨン箱には、緑や青や茶や、いろいろ揃っているのだもの。この二年生はあいかわらず、デフォルメが平気の平左らしいのでした。

この絵も二年一組のとき。ひとまず写生なんだろうが、ダルマにしては目鼻立ちが、わりとイケメンですなぁ。

　がんらいダルマの目玉は空白だった。なにごとか願いをこめて片方に黒い目玉を描きこむ。そして願いが叶ったら、もう片方にも墨を入れて、両目が開眼、めでたしめでたし。この風習は、現に健在でありましょう。

　こんな目付きのダルマがいたもんだろうか。そういえばダルマ型の貯金箱があったな。後頭部に硬貨を入れる口だけがあって、どこにも蓋はない。いざ出すときはぶちこわす。貯める一方でいながら玉砕主義みたいな。つまり軽便な安物ですが。まさかこれが、それだろうか？

14　ぐんがくたい

ぼくたちは二時かんめにぎんざへぐんがくたいを見にいったぎんざへ來たらもうこっちのぢんどうも、むかふのぢんどうも、もうけんぶつ人が大ぜい、ゐました、うちの二かいや三がいではもうまどをあけてテイプをたくさんもっていつくるかとまってゐる所もあります、ぼくたちはぢんどうのうへえならびましたするとぐんがくたいが來ましたぼくははたをもらひましたもうビルデイングのうへではテイプをなげてゐますぼくは、はたをふりすぎたのでとちゆうからをれました、ぐんがくたいは、らっぱやたいこをたたいたりふいたりしていました一ばんはじめにけんぺいがとほりました、どん〳〵ぷう〳〵とたたいたりふいたりしていさましくとほりすぎましたぼくはゆかいで〳〵たまりませんでした。

この日、泰明小学校の二学年は午前の授業を中断して、軍楽隊の歓迎送に動員された。こういうことは折々にありました。どこかのお役所から要請があって、ほどほどの人数を沿道にならべる。まさか全学年ではなくて、この日は下級生が狩りだされたのだな。

　在学中にたびたびあったのは、天皇行幸のおりに沿道でお見送りすること。お堀端や、日比谷公園あたりの歩道の縁《へり》に一列または二列横隊に整列する。交通規制でシィンとしずかな車道を、オートバイの先導隊がまず通り、すると「最敬礼！」という号令がかかって、なにもない車道にむけて九十度のお辞儀をする。「直れ」の号令で直立し、ななめ右をみる。天皇座乗《ざじよう》の黒い車があらわれて、滑るように通過するのを目迎目送《もくげいもくそう》する。車中の昭和天皇は、ときに皇后も、かるく会釈するのが通例でした。ガキどもの列は黙って固くなってじろじろみつめているきりだから、いっそ天皇のほうが愛想がいい。

　泰明にかぎらない。麴町区や神田区や皇居周辺の小学生たちは、折々にお付きあいしたことでしょう。

　ときには赤坂見附の四つ角にならんだこともあり、めずらしい遠出で、いまに記憶する。しらべれば時期も特定できるだろう。というのは、見附の角に小さな映画館があって、大評判の『大阪夏の陣』を上映していた。当時は三番館あたりの小屋では、上映中の映画の音を戸外に流していた。無声映画ではないぞトーキーだぞ、という宣伝だったのか。交通規制でシィンとしている青山通りに『大阪夏の陣』の乱戦模様が響きわたり、そこを座乗の黒いお車が、会釈する天皇をのせて通過したのでした。

綴り方にもどります。「ぎんざ」とは、銀座通りです。ふだんに銀座で暮らしながら「ぎんざへいった」もないようだが、そんな意識だったのだな。わが家の西八丁目あたりでいえば、通りの名も西から、電通通り、板新道《いたじんみち》、並木通り、中通り、金春通り《こんぱるどお》りとあって、銀座通りだ。そこはお客さまが歩く道だからガキどもがうろちょろするでないぞ、と躾《しつ》けられた。かまわずうろちょろはしたけれども、とにかく別格な「ぎんざ」でした。

「こっちのぎんどうも、むかふのぎんどうも」とあるのは人道で、いまの歩道です。銀座通りは電車道で、品川―浅草間の1番の市電がチンチン走っている。地にはレールの石畳、空には架線だらけだもの。目下は交通遮断ながら、二階や三階からテープを投げて、架線にからみつかないはずがない。すぐあとでかたづけるにせよ、いわば無礼講のにぎわいだ。

憲兵がまっさきにきた。腕に「憲兵」という腕章を巻いているから一目でわかる。泣く子もだまる憲兵さまの先導で、天下御免の楽隊だ。

この小学二年生は、くばられた小旗の竿を、じきに折ってしまった。ビニール製品ごときはない時代です。それにしても、よほど愉快千万だったとみえるな。この綴り方は、三重丸に二重丸をのせた、だるまの五重丸をいただいております。

この絵は、右の綴り方の、挿絵のごときものです。さては先生は、授業時間を潰しての楽隊歓迎を、綴り方と図画の題材にした。遊びごとではないですよ、教育の一環でありますぞ、というこころだな。

これは海軍の軍楽隊であった。うしろにリボンを垂らした帽子を、楽隊の全員がかぶっていて、これぞ日本海軍の水兵さんの制帽であります。

上着もズボンもスカイブルーであった（口絵参照）。夏場は上下とも白でしたから、これは秋のできごとです。肩から背へ、よだれ掛けのような布が下がっていて、これは波荒い艦上で号令を聞き逃さぬために、両手で耳のうしろに立てるのだとか。楽隊最前列の一番手前の隊員の背に、その布が描かれています。右代表、以下略のつもりでしょう。

先頭に、黒い制服制帽の人が二人いて、この楽隊の隊長でしょう。憲兵はずっと先へ行っているのだ。うしろにも二人いるのは、次につづく楽隊の先頭なのだな。

海軍の士官さんは、腰に短剣、帽子のツバも目深くて、じつにかっこうよかった。あの短剣はほんの飾りで、リンゴを剝いたり、鉛筆を削ったりするのだ。とかいう噂も、ほんとうかどうか知らないが、かっこうよさのひとつでした。

くらべて水兵さんは、帽子のリボンも、背中のよだれ掛けも、大の大人たちが子どもっぽくて、なにかおかしい。そんな人たちがブカブカドンドン、盛大にやってくるのだもの。興奮しないでおられようか。

窓からはいっせいにテープが投げられて。一本だけいちはやく投げて、隊員にからみついたらしいピンクのテープは、先が地べたに転がっている。なかなかに観察がこまかい。

そのくせ、市電のレールも石畳も、はりめぐらした架線も、いっさい省略。街路樹もない。そもそも銀座通りに、こんなのっぺらぼうなビルがならんでいるものか。

黄色いビルの二階の窓からテープを投げてるやつは、身を乗りだしすぎて、あわや落ちかけているらしいぞ!?

この二年生はあいかわらず、自身の関心事のみをデフォルメ的に、写実しているのでした。

15 ゑんそく

十二日は、たのしいゑんそくでした、九時に學校を出て、ゆうらくちょうから山手せんで、はらじゅくまでいきました、はらじゅくから明治神宮をさんぱいして、代々木八幡までいくとちゆう、富士山が見えました、雪のばうしをかぶつてかすみのすそをとほくひいてきれいにおけいしやうをしてぼくたちの方を見てゐるやうでした、代々木八幡へついて代々木八幡のお宮を、おがんで先生が代々木八幡のおはなしがありました、このお宮はこの代々木ぜんたいを、おまもりくださってゐるそうです、いよ〳〵おいしいべんとうをたべるころになりましたぼくはおにぎりでしたおにぎりを、たべたらとてもをいしかった、かきもかじつた先生がすこしあそんでもいいとおっしゃったらみんながわあといって、おもてへ、とびだしたぼくも、出たみんなのゐる所へいったら、どんぐりをとってたぼくもとりはじめた、あっちへいったり、こっちへ來たりして方々でどんぐりをとってゐたら、先生のふえがなりました、みんながかへるしたくをして、代々木八幡のお宮の前へあつまった代々木八幡を、おまゐりして、かへりは、おだきゆうでかへるとちゆうぼくは立ってばかりゐた、しんじゆくでおりて、しようせんでゆうらくちょうまでかへった、ゆうらくちょうから學校までかへるうちぼくに戸田君に中島君に米本君はとてもほめられた學校から家へかへるまでとてもゑんそくのことばかりかんがへてゐた。

泰明小学校二年一組小沢信男の、遠足の綴り方は二本あって、一本は第9章の「ヱンソク」で、カタカナ書きでした。遠足の前日のことのみ書いて終わったが、あのときの行き先は小石川植物園、一学期の初夏でした。

二本目のこのたびはひらがなで、朝の出発から帰校までを、わりとまともに書いております。さすがは二学期の成長ぶりだ。読点のでたらめなどはあいかわらずながら。いきなり十二日とあるが、おそらく十一月か。どんぐりがいっぱい散らかっていた晩秋の一日でした。

それにしても。遠足を歴史的仮名づかいで「ゑんそく」と書くのだとは、現在の私はまったく忘失、八歳児のガキにいまさら教わります。

ただし、有楽町は「いうらくちやう」と、歴史的仮名づかいでは書くはずだ。それを八歳児は、当時すでに現代かなづかいで平然と書いている。

先生は、性急には干渉なさらない。きちんと×点をつけているのは、「いる」「いた」の類で、基本語から身につけさせるご指導なのだな。そこでこのガキは、消しゴムで消して「ゐる」「ゐた」と書き直している。

先にも申しあげたことだが、二年生の綴り方十六本を通して全文そうなのです。先生も根気がいいが、ガキのほうも、鉛筆にぎっていざ書くときは、やっぱり「いる」「いた」。どうしようもなくそうだったらしい。歴史的かなづかいの意義はともあれ、現代かなづかいのほうが本来よほど自然でしょうなぁ。

この日、泰明小学校の二年生一同は、原宿駅から明治神宮の表参道の玉砂利を踏んで、本殿に参拝した。それからたぶん西参道へむかった。

当時は、いまの代々木公園は陸軍の練兵場でした。とうぜんそちらへは行けない。ただし、広い野っ原での、兵士たちの訓練ぶりを見学できる場所がありました。この遠足より後年のあるとき、父に連れられて見学した。その逐一をいまに忘れない。

分隊長の目の前で、兵士が一人づつ、凸凹《でこぼこ》の土地の凹へまずとびこんで身を伏せる。手榴弾の安全ピンを抜き、その先端を石塊か自分の鉄兜に叩きつけて点火させ、一二三と数えるほどの間を置いて、おもいきり前方へ投げる。それはただちに破裂するだろう。

はね起きて、剣付き鉄砲を小脇にまっしぐらに突撃する。

そのさまが目に焼きついたのは、日本男児たるからはいずれはわが身のことですから。おもえば素朴な肉弾戦の訓練でした。やたらと火器が発達したらしいこんにちの自衛隊の、米軍と共同の訓練はいかがなものか。よっぽど違うはずだけれども、しょせんはおなじ、いのちがけか。

もう一つ。便所へ行くと、大便所に扉がない。腰板をまたいで入ってしゃがむ。ほぼ丸見えで、兵舎の便所はこういうものなんだと、幼い肝に銘じたのでした。

この練兵場は、敗戦後はアメリカ占領軍の住宅地ワシントンハイツとなりました。でこぼこの芝生の諸処に、ペンキ塗りの小住宅が散在していた。一見羨ましい風景ながら、いよいよ立入り禁止でした。

その後に代々木公園となって、こんにちではバード・サンクチュアリ以外は万人の立入り自由なのは、慶賀であります。


遠足へもどります。西参道から小田急沿線へでたあたりで、富士山がみえた。かなり裾のほうまでみえたらしい。さすがは郊外だ。

大江戸このかた東京の町々は、ほんらいがひらべったくて、富士山がみえる土地柄だったのですな。西むきの富士見坂は諸処にあって、日暮里諏方《すわ》神社前の富士見坂などは、つい先年まできれいにみえていた。

　町場育ちの八歳児は、どうやらこのときはじめて遠見の富士山をみた。エハガキなどでみるのとさほど変わりはないが、とにかくほんものだ。そこでその感銘をあらわすべく、雪の帽子とか、霞の裾とかをならべたてた。この箇所に、先生は赤鉛筆でマルをつけてくださっているが。なにやら平凡な形容句の羅列で、努力賞でしょうか。

　代々木八幡宮が、この日の遠足の目的地だった。到着して、はじめてわかった。先生が、この代々木のあたりぜんたいの鎮守のお宮だと教えてくださった。

　ハタと気づくが、この日一同はまず明治神宮に参拝している。そこで先生の、いくらか長々しいお話が、かならずやあったはずです。なにしろ明治神宮だもの。こっちがむしろ本命だったのではないか。だのにこのガキは、まったくそれは飛ばしている。

　察するに、明治神宮へはとっくに来ていた。父親が車に家族一同をのせて訪れていたにちがいない。大正九年（1920）に創建されて、当時まだ十五年目の東京新名所ですもの。それよりも富士山や、代々木八幡宮や、はじめて出会うもののほうへ、八歳児の心が動いた。そこで鉛筆にぎって、それを書いた。

ほどなく昼の弁当となり、しばしの自由時間となる。当時、ここらは諸処に雑木林がひろがっておりました。

遠見の富士山と。弁当のおにぎりがよほどおいしかったこと。そしてどんぐり拾いの三つが、この遠足の目玉であった。どんぐりは日比谷公園でもみつかるはずだけれども、拾いまくり放題なのが、やはり初体験だったとみえます。

帰りは小田急電鉄で新宿駅へ。そこで省線へ、いまのJRに乗りかえて、有楽町へもどった。

駅から学校までの間に、四人がとても褒められたというが、なんだろうか。おおかた一同疲れはてて四列縦隊がずたずたに乱れるなかで、たまたまこの四人組が一列横隊で揃っていたのかな。たぶんその程度のことでしょう。

戸田君と米本君は既出ですが、中島君は、六丁目の老舗の割烹中嶋の、次男坊でした。気の強い男前の子だったが、意外にはやくに亡くなられた。

あれやらこれやら、往時茫々ながら。

このとき生まれてはじめて行った代々木八幡という土地に、その後にもいささかのご縁がありました。他事ながら、書き添えておきます。

遠足から九年後の、昭和十九年（１９４４）の秋。東京都立第六中学校の三年生一同は、勤労動員で防空壕造りに狩りだされた。その現場が、代々木八幡なのでした。

代々木八幡宮とは山手通りをへだてた西側の高台で、一帯は住宅地だが、南向きの崖のあたりが雑木林で、その崖にトンネルほどの太い横穴の壕を二本掘り進めていた。穴掘り役は朝鮮人労働者のみなさまで、彼らが掘りだした土を、モッコにかついで、山手通りの集積所まではこぶのが勤労学徒の役目でした。

毎朝、代々木八幡の雑木林へ出席し、出欠をとり、昼の弁当もそこで喰い、午後三時ごろには作業終了。そんな日々がヒト月ほどは続いたのではなかったか。

当時私は満十七歳。ほんらいならば五年生だが、二年前の夏に左肺が肋膜炎になって休学し、翌年復学したが、右肺が肋膜炎になってまた休学。たっぷり一年休んで三度目の三年生の二学期に復学したら、雑木林へ通学する事態になっていました。

虚弱な生徒につき、作業は免除される。怪我や風邪ひきの見学組も日に二三人はいて、雑木林にずらりと置いた一同のカバンの見張りが役目だ。そのうえ落第生にはなにがなし特権がある。見張りがてらそこらに寝ころんで本を読んでいられた。ある日、代々木八幡駅前の古本屋の均一台に、室生《むろう》犀星《さいせい》『抒情小曲集』アルス社版をみつけた。ピンクの布装で、感激ひとしお。林間で読みふけるほどに、模倣詩が、いくらでも書けそうな気がしました。

雑木林の中には、この作業場の現場監督のテントもあった。ほんの数人がヒマそうにしているので、そこへも出入りして仲好しになる。

ときにそのあたりで、朝鮮人労働者同士が喧嘩をはじめる。パカヤロウ！ と日本語でののしりあって、作業や待遇の不満であるらしい。監督場の人は知らん顔で、かかるなと私にも目配せをする。ははぁ。虚々実々の大人の世界らしいのでした。

高台の住宅地から、監督所へ声が掛かることもあった。井戸の出がわるくなったぞ、という苦情があってもふしぎはないし。そもそもこの防空壕は、どこかに抜け穴でもつくるのか。

監督所の人の尻に付いて、高台の邸のお庭を、野次馬気分で覗きにいったこともある。そんな出来事が目新しくて、やはり復学はうれしい十七歳の代々木八幡の日々でした。

あの大きな防空壕は、いったい完成したのだろうか。翌年春からの東京大空襲に、多少は役に立ったのだろうか。戦後のいつごろかに埋め戻されたのだろうか。それとも、まさかあのまんまに……。

代々木八幡宮は、こんにちもなお楠《くすのき》の大樹亭々たる緑濃き神域です。だが、そのまわりは、寺院や区民会館やマンションやらの建物だらけだ。

そして、車の往来が奔流のごとき山手通りの西側には、元代々木町の南面の傾斜地はあれども、上から下までびっしりと住宅だらけ。どこに雑木林も、防空壕も、拾いきれないどんぐりもあろうものか。

でもあれらは、あの日々は、たしかにあったことなんだ。

この絵にも、記憶はまったくないのですが、街中ではないね。かなたに、下見《したみ》板張《いたば》り瓦屋根の家と、その戸口へ至る道筋がある。左の白黒の壁は練塀《ねりべい》のような。

あるいは代々木八幡への遠足のおりの所見だろうか。そうかもしれない。

木立が、八幡宮の境内だとすれば、まんなかの太い幹の木は楠にちがいない。幹も枝も細い木は、どんぐりの成る木か。

あるいは八幡宮のお隣の、寺院のほうの眺めかもしれない。この絵はたぶん教室で描いている。神社の拝殿のふくざつな姿よりも隣の、あっさりした景色のほうが思い浮かんだ。

この瓦屋根の家は、お寺の庫裡《くり》だろうか。戸口はあるが、窓さえ無いし、隣の練塀とは、どんなつながりなのか。非現実的ながら、こんな眺めが、たしかにどこかにあったのだろう。懐かしい気持ちがしてきました。

16
年始廻り

一月三日は年始廻りなので僕と兄さんでおともをした、兄さんはかたへてぬぐひのつゝんであるふろしきをかけて、僕はふろしきからてぬぐいを出して、お父さんにわたすのだ、僕ははじめてやるのでとてもうれしくてたまらない、僕がお父さんにわたすと、家へはいっていって「お目出度うございます」といってわたします、僕は始だけうれしくてだん〳〵はずかしいきがしてきました、五十家まはって又僕の家へ帰って五十枚持ってきました、こんどは芝の方へゆきました、兄さんは、きまりがわるいと見へて、早くなくなればいいやうな顔をしてゐましたそのうちに、お父さんが「淺野さんの家へ行ってそれをおいてきな八木さんの家へ先に行ってるよ。」といったので、二人で淺野さんの家へてぬぐいを持って二人で「お目出度うございます」といって戸をあけたら、おばさんが出てきて、「あれ義則ちゃんに信男ちゃん二人できたの。」とおっしやってほめてくださいました、そうして南京豆を持ってきて僕たちにくださいました、それから八木さんの家へいったらとてもきれいでした、八木さんの家を出て三四家廻って僕の家へ帰って兄さんと五石並べをした。

年あらたまって昭和十一年（1936）一月、三学期はじめの綴り方です。当時は年齢は数え年で、正月元日をもって日本全国いっせいに一つ歳をとった。昭和二年（1927）六月生まれのこの少年は、数えの十歳となりました。洋数字なら二桁へ、大人の世界へ一歩を進めたようなものだ。そこで父親の年始廻りを手伝う。その初体験の記であります。

この年は、大ニュースがいくつも生じた。二月には二・二六事件。陸軍の皇道派将校たちが部隊を率いて重臣たちを殺害し、永田町一帯をしばし占拠する。このクーデターはほどなく鎮圧されたが、東京市には戒厳令が敷かれ、首謀の将校たちが処刑される七月までつづいた。そのさなかの五月に、阿部定事件という珍事が天下の耳目をにぎわした。

さらに七月にはスペイン内乱が勃発。同月の二十五日には上野動物園の黒豹《くろひょう》が檻を抜けでて姿を消した。八月にはベルリンオリンピックが開かれ、日本選手がかなりに健闘する。十二月には中国で西安事件、蔣介石が張学良に一時監禁される。

などなど、内外ともに物騒きわまる情勢ながら。ただいまは、そんなニュース以前のお正月です。大店《おおだな》はほんものの門松を立て、そこらの店は枝葉のついた竹に松の枝を添えた簡易門松を軒ごとに立てならべる。一列ならびのにわか竹林がざわざわと寒風に鳴るのが当時の町場の、暮から正月松の内の風景でした。

そこらで羽根つきの音がして、晴れ着姿がちらちらして、年始廻りの人々が往来する。わが虎屋自動車商会の親子三人も、その一組でした。

兄は、数えの十三歳になった小学五年生。長男だもの、手伝うのは当然だ。年賀の熨《の》斗《し》紙にくるんだ手拭いを五十本、風呂敷につつんで、胸にかかえて、襷《たすき》のように肩で結んだ。

そこから一本ずつとりだして父にわたすのは、兄自身がやればいいことだ。前年まではそうしていたはずの手順を、新参の次男坊へあてがった。次男にもそろそろ家業に慣れさせる父の心づもりでしたか。

このガキは、目新しいことにはすぐに飛びつく。なんでもおもしろがるタチだ。そのうち気分が変った。うれしい、から、はずかしい、へ。

これまでの綴り方はおおむね、たのしかったことを書いております。またはつまらなかったことを書いた。どちらかが主題だ。ところがこのたびは、気分の変化が主題ですな。文章表現として、これはひとつの進歩ではあるまいか。

年始廻りは、地元のお得意さまからはじめる。銀座八丁目、七丁目……。料理屋に、芸者置屋に、見番《けんばん》もある土地柄だ。足袋屋や、袋物屋の老舗に、織物問屋に、写真館に、弁護士事務所もある。とにかく五十軒は廻りきった。

お得意先ごとに、小柄な父が、ぺこぺこ頭を下げながら出入りする。そのあとを荷をかかえた十三歳と、十歳児がついてゆく。なんでそれがはずかしいか。よしんば同学年の三組の女の子に見られたって。

現在の私は、だんことしてそう思うが。幼い当事者としては、じきにきまりわるくなってきたのでありました。

いったん家にもどって、また五十本包みなおして、こんどは芝区へゆく。はずかしがりながら、十歳児のほうは半面やはりおもしろく、いそいそ土橋を渡ったのではないか。荷をもたされる十三歳のほうはうんざり顔にせよ。

お得意さま廻りのほかに、烏森界隈は父母が世帯を持った土地だから、商売抜きの知り合いもある。

格子窓の二階家がならぶ裏通りの、あの家やこの家を、父や母のお供でおとずれたことが、そういえば再三あった気がする。おおかたいまや忘却のかなたながら。この日は、小さな玄関先で年賀の挨拶をして、南京豆をいただいたのだな。

八木さんの家は、おそらく浅野さんの家よりも大きくて、玄関に、正月らしい飾りつけがされていた。それがとてもきれいに見えたのでしょう。

それからさらに三四軒を廻って、帰宅した。やれやれ。お役目すませた兄弟は、五目並べをして遊んだ。五石並べと書いたのは、覚えたてだったのか。白か黒の碁石を五つ、さきに並べたほうが勝ち。目なんかを並べるのではないものね。

浅野さん、八木さんと、わが家はどんなご縁だったのか。父に訊ねればあっさりわかることが、とうの昔に亡くなっている。もはやどうにもならない。

このての不如意はときおり生じて、そのたび不当な思いにさえなる。すると生前の父の、ふとした仕草がよみがえる。この年始廻りの一齣さえ。年賀の手拭いを兄が風呂敷からひきだすのを、うばうようにつかみとり、先をゆく父に走りよって手渡す。その父の温かい手……。

このとき十歳児は、まったくきまりわるがっていない。後年の私が修正をほどこした記憶でしょう。それにしても、昭和十一年一月三日、新橋のとある裏通りでの一瞬の状景が浮かぶ気がするのも、この綴り方が残っていたおかげであります。

この年から、私の記憶は、じじつ一気に増大します。二・二六事件。阿部定事件。忘却のかなたから、スイッチを入れれば浮かびあがる、あの日々の些細な状景たちよ。

　この絵の裏には「三ノ一　小沢信男」とある。三年一組の意で、前掲の綴り方からちょうど一年後の、昭和十二年正月の作品です。

　これは写生ではないね。大通りに面して、凧《たこ》揚《あ》げもできるこんな広場が、銀座界隈にありはしない。羽根突き、凧揚げ、独楽《こま》回し、お正月らしい状景を、てきとうに配置するためのセットのようなものです。

　それらしくできてはいる。いましも大通りには初荷のトラックがさしかかる。正月二日の光景なんだ。

　このトラックは、積みあげた初荷に幟旗《のぼりばた》を盛大に立てて、上乗《うわの》りの人がバンザイと気勢をあげている。

　いや、待てよ。むこうの乗用車には、運転手と客の人影を描きこんでいるのに、トラックの運転台は、からっぽではないか。さてはこの上乗りが運転手なので、道ばたに停めて荷台に登り、広場で遊ぶ子らに、オメデトオーと呼びかけているのだな。

まさか、だいじな初荷のさなかにばかげてるぞ。と言ったって、これはセットですからね。演出は自在なので、そのくらいは造作もないやつなんだ、この絵の作者は。


凧揚げの男の子たちが制服制帽の正装で遊んでいるのも、正月なればこそだな。ダルマの凧を揚げてる子は、落とした帽子を拾うまもないのだ。

凧揚げは、銀座の裏通りでも、できなくはない。龍の凧の子のように後ろを見つつ走って、しばし浮きあがるのをたのしむ程度でした。

日比谷公園の広場へいけば、たっぷりの大空があるが、その空にはすでに高々と大人たちの凧が泳いでいる。へぼなガキどもが出る幕はないのでした。

ある年の正月、日比谷公園で凧の展示会があり、泰明小学校から出品されたなかに私の凧も入った。五年生のころだったか。

竹ヒゴの組みたてからはじめたのか。それとも紙を貼った凧の下地をもらって、絵を描き、凧糸を結びつけたのだったか。てっぺんのヒゴに反りをつくり、その両端と、まんなかと、下方の左右と五ヶ所に糸を結び、たばねて、ぐっとしごいて凧の中心よりもやや上にまとまるように按配しなければ、凧はすなおに揚がってくれない。

私の凧は、たぶん、青と赤の絵の具で雲間をのぼる朝日を描いた。

展示会が終って凧がもどされたときには、もう正月がすぎていました。東京市の行事だったとみえて、市から褒美をもらった。上野動物園の入場パスで、二月の一ヶ月間は有効の、しかも数人で入れた。

　級友をさそって、さっそくでかけた。いまの都美術館のところが、当時は正面に大階段のある東京市立美術館で、その裏道に、動物園の正門はあった。

　入った広場に、孔雀《くじやく》の檻があり、右の方へ鳥類の檻がつづく。まだ西園はなくて、モノレールもなし、おもえばこぢんまりした園内でしたが。そのくせ当時はライオンがいた。カバも、キリンも、ラクダも、白熊も、オットセイも。あれこれ堪能して一回りしたあたりに、いまもかわらぬ猿山が、いつ来ても、いっぱいの人だかりでした。

　しかしこのときは、閑散としていたかもしれない。厳寒のさなかの不景気な二月だもの。この月にかぎり何度でも数人で入れるパスが、ご褒美にでるのも道理なのでした。


　この動物園の黒豹脱出事件はどうなったか。それを申しあげてこの項を終えます。

　昭和十一年七月二十五日の早朝から、ラジオが臨時ニュースをくりかえした。黒豹が檻の隙間を脱けだした。行方を捜索中です。本日は休園です！

　警察の特別警備隊が出動し、捜索と警備にあたる。街々に号外の鈴が鳴った。ラジオがこう伝える。黒豹は昼間はひそんで、夜間に行動するが、人間にすぐは飛びかからない、棒などを差しだせば、それに向かってくるものです。

　そう言われても、なおさらヤバい。とりわけ動物園周辺の街々はパニックを呈した。銀座のはずれでさえも、十歳の少年はおびえていました。おかげでこの臨時ニュースをいまに忘れない。危急のさいに報道は、気休めみたいなことを言うものですなぁ。

昼過ぎに、黒豹は、市立美術館わきのマンホールにひそんでいるのが発見された。さっそくそのマンホールの上に檻をそなえ、暗渠《あんきょ》の先をふさぎ、手前からいぶり出しにかかったが、効き目がない。そこで暗渠の形の楯を急造して、トコロテン式に押し出すことにした。若い屈強なボイラーマンが、その楯を持ってもぐり込み、ついに追い出しに成功、黒豹は備えの檻にとびこんだ。ときに午後五時半。未明より、ほぼ終日の騒動でした。

その七年後、戦時下の昭和十八年に、上野動物園は、ライオン、熊、豹など猛獣二十七頭を、命令によって殺処分する。きたるべき空襲の危機にそなえて。この処置の一因に黒豹脱出事件があったといいます。

それからさらに幾星霜。敗戦の焼け跡から復興した上野の街に、昭和三十四年五月、タウン誌「うえの」が創刊される。

たまたま縁あって私は、フリーの同誌記者として、糊口《ここう》をしのぐ身となった。街筋や寺社の由来などを取材してまわるうちに、かつて黒豹事件のときに追い出しの大任を果たしたボイラーマン氏が、動物園に永年勤続中と聞いた。

さっそく、その原田国太郎氏を、職場のボイラー室にたずねた。大柄の、あかるいおじさまでした。特大の鍋蓋のような即製の楯をかまえて、暗渠を進んでゆくと、黒豹が何度もその楯に飛びかかってきたそうです。ひるまずさらに追いつめたのは、さすが地元の素人角力《すもう》大会で大関を張る腕っ節だった。

ボイラー室の椅子にゆったりかまえて、笑顔で語られた。遠い日の、この東京の巷におきた武勇伝でした。

17 豆まき

きのふは、節分で、豆まきの日でした、僕は豆を、いるのを、てつだいました、いよ〱くらくなって來ました、あちらでもこちらでも『福は内鬼は外。』といふ聲がして來ました。お父さんが「家でもやりはじめよう。」とおっしやって、神だなからますを、おろしました、そうして「福は内鬼は外。」といって大きな聲で豆をまきました、僕はますからすこし豆をつかんで物ほしの方へやらうと思ってまどを、あけたが、あいにく雪が降ってゐるので「鬼はうへっ。」といってしまったので、みんながどっと笑った、お父さんが豆をまくたびに、妹の節子に榮子が「きやっ、きやっ。」といって豆をひろふ、「あたいが先に見つけたのよ。」「ちがふわよあたしが先だわ。」と、いって、豆一つでもいゝからよぶんにたべようと思ってゐる、年下の節子はくひしんぼうだからひっかいて、とる、これには榮子も負けてしまふ、だから家のものは節子のことを、さる〱、といっている、妹たちはへんなふくろへ豆をいれて「鬼わあ外〳〵。」といって、家の中へ豆をまいています、六じ

よう二まを、まいて、べんじよ、四じようはん、おみせ、神だな、ガレージなどを、
　まいて、年のかずだけたべた

この年も節分が二月三日だったならば、昭和十一年(1936)二月四日立春の教室で、これは書いております。そして、これがさいごの一本です。父が綴じ残してくれた泰明小学校二年生のときの「私のつづりかた」十六本の。

ざっと八十年もむかしの幼い文章を、だらだらご披露しまして、恐縮でした。ひとまずこれにておしまいです。

せっかくの結びなんだが、読みなおして、ややしらけます。なにやら作為がある、笑いをとろうとするかのような。年端もいかぬガキのくせに。だがまぁ、それなりに記録ではありますので……。

節分の豆は、煎って、枡に入れて、まず神棚に上げたのだな。わが家の二階には仏壇の横の長押《なげし》に神棚があり、ほぼ神仏混淆《こんこう》でした。

豆まきは、現在は、どこの寺社でも昼日中に、地元の顔役に人気力士などをまじえて豆やら景品やらを盛大にまいていますが。

当時のわが家のあたりでは、日暮れとともに、あちこちではじまった。日中は忙しい商家の風習か。いや、むしろ農家の風習なのか。千葉県や、茨城県や、山梨県の農村出身のお隣同士が、負けじと声をはりあげる。鬼は夜陰に現れるというから、やはり節分の宵が、ほんらいの出番なのでしょう。

おりから雪がふっていた。物干台へゆく通路の大窓を、数えの十歳児があけると案のじょう吹きこんで、「うへっ」と悲鳴になって一同笑った。というのだが。

そもそも窓もあけずにだれが豆まきをするものか。吹きこむおそれのない裏窓を、父は目一杯にあけたのだな。背中合わせの家が木田さんという裕福な金貸しの住まいだから、福はそっちからくるだろう。鬼も一緒にくるかもしれない。そこで家の中へ「福は内」で、窓外へむけて「鬼は外」です。

上の妹が榮子で、数えの七歳。下の妹は節子で、数えの五歳。榮子は控えめで、節子はてきぱきと行動的な子でした。彼女らの生涯を通してみても、そうです。

このときも、やっぱり、だな。しかし、豆の取りっこをしたにせよ、自分らも豆まきをしてみたいまでだろう。父がまいた豆を、きゃっきゃとはしゃぎながら拾いなおして。

それから、年の数だけの豆粒を、あらためて渡される。義則は十三粒、信男は十粒、榮子は七粒、節子は五粒。その下に、生後四ヶ月の弟がいました。数え年ならそれでも二歳になるが、まさか乳飲み子に豆二粒は無用だ。

無病息災祈願の、この豆をかじって節分の行事は終わる。奪いあって食うほどのものではなし、ここらの記述がウソくさいのだ。

食べ物の取りっこは、それはふだんにありました。食パンを手に、アッお兄ちゃんあんなにいっぱいジャムつけてるぅ、とか騒ぎたてながら、ジャムの瓶がちゃぶ台の上を行ったり来たり。おかげで、おいしいものはなおさら食べきるのをためらう、という癖がついてしまった。

そんな騒ぎも節子がいちだんと声高にせよ、猿とあだ名をつけたおぼえはないです。ただし、姉をも負かす活発さを、猿、猿、とひやかすぐらいのことはあったのだな。節子は申年《さるどし》でした。

「六じょう二ま」は二階の間取りです。そうだったのか。じつは二階は八畳間と六畳間だと、私はずっと思っていました。奥の間には床の間のへこみがあり、大窓も明るかった。梯子段をあがった手前の部屋は、簞笥などがあって手狭で、てっきり大小二部屋の印象でしたが。これぞ現場の証言だ。信用しよう。

いや、待てよ。このガキの文章は、まるごと信用できるのか。ウソくさい箇所があるではないか。あるいはこのガキは、間取りなどには関心がなくて、いいかげんに書いたまでかもしれない。やはり八畳と六畳だったのでは?

いや、しかし。この「つづりかた」も父の手で綴じ合わせられている。そのときに父は、これを読んだのではないか。読まないはずがないね。たいして手間はとらないのだし。とすれば、まちがいは直させずにはおかない人ではないか。やっぱり六畳二間だったのか。

便所は、二階に朝顔型の小便所、一階は小便所と大便所があり、そこへもまいたのだ。福は内はなかろう、鬼は外でしょう。

それから一階の四畳半にまく。階下に畳敷きは一間きりで、この部屋こそは、食堂、作業場、遊び場、なんにでも使われた。深夜には住込みの助手と、宿直の運転手の寝室になる。往来頻繁で、いちばん畳がすりきれたはずです。

その手前の廊下の、片方に台所、片方は事務所への扉。二階への梯子段もある。この廊下の棚にラジオがあって、大きく鳴らしておけば、四畳半でも台所でも事務所でも聞ける。四畳半をはじめ、台所も廊下も、たぶん梯子段にもまいて。それから、おみせへ。

おみせ、とは事務所のことです。運転手たちの詰め所でもあり、父の机の頭上には、酉《とり》の市の熊手と、安全祈願の神棚がある。ここでしっかり豆をまく。神棚にもまいたとみえます。

そうしてかんじんのガレージにまく。福は内、鬼は外の大声をひびかせて。

二・二六事件勃発の寸前だ。阿部定の情痴の果ても、スペイン動乱も、黒豹脱出さえも、まだなんにも気づかない。ひしひしと鬼にとりまかれたようなご時勢なのに。そのほんの片隅の、節分の宵の報告記でした。

以上で、泰明小学校二年一組小沢信男の「私のつづりかた」は、おしまいであります。ここまでお読みくださいました方々に、厚く厚く御礼申しあげます。

おなごりおしくもありますなぁ。あつかましくもこのさい、アンコールの拍手をおねがいしたい。

ありがとう。パラパラと拍手が、いくらか聞こえたことにします。じつは、この翌年の小学三年生のときの綴り方が、たまたま一本だけ残っておりまして、題して「僕の弟」。図画は六年生のときのまで多少は残っています。次章は、これらをご披露して、大団円といたしましょう。

では、次の章へ……。

画面の左に「二ノ一小沢信男」とサインがあり、さては右の綴り方「豆まき」と、ほぼ同時期に描いた図画であります。

画面中央の、うしろむきの二人の童女は、榮子と節子でしょう。枡をかかえているのは、兄の義則だな。父は夏の盛りにさえ半ズボンなどは穿かない。身なりはいつもきちんとしていました。

黒い炭でもまいているみたいだが。畳と襖《ふすま》を、豆と同じ黄色に塗ったものでやむをえない。黒い点々が豆なんだとお察しください。

てっきり綴り方「豆まき」の挿絵のようですが。じつは、そうも言えない。第一に、この部屋の広いことよ。四枚襖の左右に壁がひろがり、すくなくも十二畳ほどはありそうな。すなわち、わが家ではないのでした。

わが家に扁額《へんがく》などがあるものか。そのくせ、上等な部屋には付きものだと、なぜかこのガキは心得ていた。文字は小学校の講堂の、東郷平八郎筆の「忠孝」で間に合わせた。

襖絵は、蓮池でもあろうか。かなり大胆な構図のようです。わが家の二階の間仕切りや押入れに、襖は何枚もあったけれど、おおかたあっさりした柄か無地でした。

神棚を、さても大きく描いたものだ。わが家の神棚と仏壇をひとまとめにしたようにもみえます。

なによりおかしいのは、その下の丸窓と、机だな。これこそ絵に描いた明窓浄机《めいそうじょうき》ではないか。丸窓のむこうは、廊下か、いきなり庭だったりするものではないのか。すると並びの四枚襖のむこうは、なんなのか。

たぶんどうでもいいのでしょう、そんなことは。「福は内」にふさわしいような部屋を描いてみたまでだ。前章の「年始廻り」のときの絵と同様に、セット仕立てなのですな。いったいこのガキは、こんな道具立てを、どこで仕入れたものだろう。

日頃は、宿題はちゃぶ台でさっさとかたづけていた。勉強なんか教室でやってくればいい。おおかたそんな料簡《りょうけん》でいたはずなのに。

そのじつ、こんな明窓浄机が、やっぱりあこがれだったのかなぁ。机の抽出のあたりが、とりすましてなにくわぬ目付きのようでもあります。

18
僕の弟

京橋區泰明小學校
第三學年一組
小澤信男

僕の弟は、きよ年の十月十三日の夜生れたばかりです、僕がその日に、兄さんとぐつすり眠つてゐると、なんだかごと〳〵と、音がするので、びつくりしてそつとのぞくと、おさんばさんがゐるので、またびつくりしてしまひました、さうして女中に聞くと『しづかにしなくちやだめですよ、赤ちやんが生まれましたよ』と、いつたので、またびつくりしました、僕はこれで三どびつくりしました、僕は男か、女かどつちか見たくなつたので、女中に聞くと、女中もまだわからないとみへて、だまつてゐました、すこしたつと、おさんばさんが、赤ちやんをだいてきました、見ると男の子でした、僕は男の子だとわかつた時には、天にものぼるほど喜びました、それからお湯にいれました、外の赤ちやんならいやがつて泣くはずなのに僕の弟はうれしさうなかほで泣きませんでした、お湯から出ると急に『おぎやア〱』と泣きました、僕はお湯へ入るのが一番きらひで上ると氣がせい〱します、所が弟はそのはんたいで、お湯に入ると喜び、出るといやがるのです、僕はこの子はすこしかわつてゐるなと思ひました、すると女中が來て『もうお休みなさい』といつたが、僕はねたくなかつた、お母さんは、おくのへやでお休みになつてゐます、すこしすると僕もねむたくなつたので、ねどこの中へもぐりこみました、だがねむれません、赤ちやんはどうしてゐるか、心配だからです、僕はおきたりねたりしてゐました、そんなことをしてゐるうちに、とけいが三時のかねをうつた、僕はとう〱ねむつてしまつた、ふと目をさまして見ると、まどから明るい光がもれてきました、僕は夜が明けるのが早いなと思つた、赤ちやんはお母さんと一しよに、すや〱とねむつてゐました、その赤ちやんは今敬三といふ名でみんなにかわいがられてゐます

右の文章は、二年生のときの「つづりかた」とは、まず読点の打ちかたが違う。前年までの手さぐりみたいなでたらめさがない。歴史的かなづかいの間違いも「とう〱」は「たう〱」、「かわいがられ」は「かはいがられ」、ぐらいだ。一年の進学で、かなり

に上達している。

しかし。促音や拗音の「っ、ゃ、ゅ、ょ」の類は小さく書くのが自然だろうに、まったくそうしていないのは、小学三年のガキの仕業《しわざ》とはおもえない。当時の印刷物の慣例によるので、つまりこれは、印刷された文章でありました。

当時、「東京毎夕新聞」という新聞があり、けっこうの古手らしく、昭和十一年十二月二十日号には第一万二千八百三十四号とある。三百六十五日で割れば三十五年と二ヶ月で、さかのぼれば明治三十四年頃の創刊となります。

その昭和十一年十二月二十日号の、第三面が全面「コドモページ」で、小学生たちの綴り方、習字、図画をならべた。読者勧誘対策に、新聞はおりおりこういうサービスの頁を設けるのだな。その現物が、もはやボロボロに変色しながら手許にある。折り目の切れかけたのを、そっと開いてみると、作品のおおかたが泰明小学校児童のもので、わずかに綴り方六本のうち二本が京橋小学校、習字九枚のうち一枚が下谷大正小学校とある。その「作品」欄のトップに「僕の弟」が載っているのです。学校・学年の肩書きつきで。名前も「小澤」と正字体で。

第五面が「江東版」で、本所、向島、江戸川あたりの記事を載せているので、下町向けの配達版だったのか。四面と六面は広告だらけ。「コドモページ」の下段は「どりこの」の広告で、大日本雄弁会講談社商事部発売の滋養飲料でした。

東京毎夕新聞記者が、下町の学校をおとずれて、先生がたから提供された作品を、あれこれ按配してつくった頁にちがいない。綴り方はすべて改行も句点もなくて、促音拗音を小書きにしない。スタイルを統一していて、つまり記者の仕業でした。読点の打ちかたにも手が入っているのでしょう。


十二月二十日といえば、二学期が終わる年の暮れだ。

昭和十一年のこのころ、年表によれば十一月七日、永田町に帝国議会議事堂（現・国会議事堂）の落成式とある。その二日前の五日の項には、軍部提出の議会制度改正案にたいして、社会大衆党が反対声明を出し、斎藤隆夫ら民政党有志代議士も、軍人らの政治干渉を排撃、の決議をしたとある。二・二六事件をひとまずかたづけた軍部が、国政へ露骨な干渉をはじめていた。それに断固反対の動きも、あるべくしてあったのでした。

その軍部は、満州国境から中国本土へ、小競り合いの戦火で勝ったり負けたりしていた。抗日運動がまきおこるさなかに、西安事件が発生。十二月十二日、西安へ行った蔣介石が張学良に監禁され、そこへ周恩来がきて、三者会談をする。国民党と共産党と内輪喧嘩をしているときか、対日共同戦線を張るべし、という趨勢だ。

さらには、十一月二十五日、日独防共協定がベルリンで調印される。この年八月のベルリンオリンピックこのかたヒットラー人気が急上昇だ。十二月五日には、モスクワで臨時のソ連邦ソビエト大会がひらかれ、スターリン起草の新憲法が採択される。こうしてのしあがった独裁者ヒットラーもスターリンも、当時は救国救世の英雄たちでした。

風雲急なる地球上ながら。目下は「東京毎夕新聞」の第三面です。

学校に届いた新聞を、先生からいただいて、三年一組小沢信男は、たぶんびっくりした。同級の伊井義一郎君の綴り方も載っていた。「朝の宮城」と題して、毎朝走って宮城へ参拝にゆく。楠公《なんこう》銅像のところで犬連れの二人の大人が、犬を喧嘩させているのを見物して、走って帰宅し、それからたべる朝飯がじつに旨い。ということを、さすがは級長さん、てぎわよく書いている。伊井君の家は麴町区の米屋で、わりと宮城に近いのでした。

三学年からは一組の担任は高野茂家という太った大柄の先生になって、六学年の卒業まで持ちあがった。その高野先生が、「僕の弟」と「朝の宮城」をえらんで、新聞記者に渡したのでしょう。

わが家に持ち帰ると、八頁立ての中の四頁分だけを父はしっかり保存してくれた。「僕の弟」の周囲を赤いクレヨンで囲ってあるのは、ここを読めと、知り合いにみせびらかしたのではあるまいか。この無造作なクレヨンの跡は、父の手だ。

私の文章が印刷された、これが臍《へそ》の緒《お》切って最初であります。綴り方は得意科目だという自負が、このあたりから生まれたのであろう。以来幾星霜がありまして、ボロボロ新聞をひろげると、父のクレヨンの跡があらわれる。弱年より親に心配をかけ通した不孝者めが、しばし眺め、だまってたたみなおして袋にもどす。

けれども、しゃべらねばなりませんなぁ、このさいは。この綴り方は、当時の出産の様子の、かなりナマな記録であります。あのころはおおかた誰もがこんなふうに、日々の住まいのなかで産まれたのだ。

いや、ほぼ同年輩の友人にも、たとえばお茶の水の病院で産まれた、という連中もいますが。おおかた彼らはイイトコの子だ。上流ないし中流の上ぐらいの階級です。

わが家では、奥の六畳間を産室にした。臨月となって、子どもらは手前の六畳で、兄と私、妹二人が、それぞれ一つ布団に寝たのだな。

深夜だろうが産気づけば、産婆さんは駆けつけてくれる。この夜は、女中さんも住込みの助手も、寝るまもなしに台所で湯を沸かしたりしていたのだろう。いよいよとなって子どもらをたたき起こし、布団を脇へ押しやり、ゴザでも敷いて盥《たらい》を据え、にわかの産湯《うぶゆ》の場となった。

時は昭和十年十月十三日の夜中。その様子を、ほぼ一年後に綴り方に書いたのです。女中、女中と、頭ごなしに書いているが。わが家の女中さんは歴代、山梨からきた従姉たちで、大きなお姉さん格だから、日頃こっちが頭ごなしにあしらわれている。会話からおのずとうかがえる通りです。

父母には敬語を用いているが。わが家は日常いわゆる「ため口」の仲で、母が「お休みになっています」なんて、だれが言うものか。文章はよそ行きに書くものだ、という建前のままに鉛筆握ると気取っていたのだな。二年生のときも三年生になっても。

赤ちゃんは男の子であった。みればわかる。うまれたばかりの丸裸だもの。そこで「天にものぼるほど」喜んだとは月並みな言い草だが。おぼえたての常套句を使うのも背伸びの一種でしょう。

なぜそんなに嬉しいのか。日ごろ妹たち二人の跳ねっ返りにうんざりしていたのかな。兄も女中のお姉さんもいて、足りないのは弟だけ。それがあらわれた！　子分にしてやるぞ！　そんな気持ちだったのだ、たぶん。

夜が明けると、さっそく母の寝床へ、できたての子分を眺めにいったのでした。

この弟の命名については、かなりしっかり記憶があります。父は氏神さまの日枝神社へ、安産の御礼参りをして、神主から名前の候補をいただいてきた。三男だから下は三ときめて、上にどんな字をのせるか。いくつかの漢字がならぶ紙をひろげ、父は、どうやら「欣」の字に惹かれる口ぶりでした。兄や姉になる子どもらを集めて相談したのです。

小学二年生の次男坊が、つまり幼い私がだんこ異議を唱えた。それよりも「敬」の字がいい。なにしろ一の子分の呼び名だもの、「キンゾー」なんて軽っぽい、「ケイゾウ」のほうが重みがあるではないか。

兄や妹たちは、どうだったのか。結果から推測すれば、多数決で次男坊の主張が通った。そうして「敬三といふ名でみんなにかわいがられて」育ったのでした。

いまにしておもえば、三人目の息子を得て、父はよほど欣《よろこ》びだったのだな。生涯を通しても、「欣」の字が当たりであったかもしれません。やがて長男は放送界へ、ＮＨＫのアナウンサーとなる。次男は零細文筆業で生涯を通す。それぞれ勝手に進んでしまい、この三男こそが自動車業界へ、父が歩んだ道を継いだ。業界最大手の日本交通株式会社の総務部長を勤めあげ、系列会社の常務となった。

そうして父の九十余年の後半生を、三男の一家がほぼ寝食をともにした。その最期も看取りきってくれた。この三男に、身勝手な兄たちや他家へ嫁いだ姉たちは、「敬」意を払わないわけにいかないのでした。

この水彩画は、わが家の二階の、奥の六畳間の、かなりに忠実な写生です。裏にも表にもサインがないが、たぶん六年生のときだろう。
水彩の絵具《えのぐ》を使いだしたのは、四年生からか。というのは、父が保存してくれた図画の束は、過半が一年生から三年生までのクレヨン画で、以後はふいに数が減る。慣れない水彩絵具でヘタクソで、保存する気が失せたのではあるまいか。思いあたるフシがあります。

図画・工作と、音楽には、専任の先生がいた。音楽はいつも着物姿の女の先生で、ピアノを弾いて、歌を歌うだけの時間でした。図画・工作の浅野先生は、鼻の高い男前で、話がやたらおもしろい。遠足とか火の用心のポスターとかの課題や、図案とか、貼り絵のときもあるが、どれも思いつくままの自由画でした。勝手に描かせておいて、ウソみたいなおかしな話を身振り手振りで語る。子どもらがゲラゲラ笑うのを楽しんでおられたのか。だんぜん好きな科目でした。

　その浅野先生が、ふいにお辞めになった。四年生のころだったか。代わりにきた先生は、小柄でちょび髭で、以後の図画の時間は、写生が第一となった。

　その先生は、通勤の電車のなかでも乗客たちをスケッチブックに写生して、それを見せびらかしてくれるのだけれども。扱いにくい水彩絵具で、水をこぼしたりしながら、目の前の壺や果物を写しとる作業が、にわかにつまらない時間になったのでした。

　とはいえ五年、六年と進級につれて、写生にも馴れてきたのだろう。父がわずかに残してくれた水彩画も、ランドセルと学帽を描いたのなどはまぁまぁのできばえです。

　そして、前掲の絵だ。


　まさにこのような部屋でした。右端の一段あがったところが床の間です。つきあたりの低い押入れは、その奥にもう一つ扉があって、あけるとガレージの屋根裏が見えた。なにかの折には出入りできる仕組みでしょうが、そんな事態はついになかった。

　その上の壁にかかるレインコートは、父のものか。かなりよれよれにみえるのは、つまり写生がそれなりに上達した一例でしょう。

　部屋のなかの三人は、母、兄、弟です。それぞれについて語るまえに、その三人を照らす灯りについて。これぞ灯火管制の図であります。

　防空演習という行事があった。記録では昭和七年からはじまったとあるが、記憶にあるのは昭和十一年あたりから。その日は各戸から人手が集められ、バケツリレーなどの練習をする。電話ボックスほどの木造の小屋を作り、大通りに据えて火をつけて、たちまち燃えあがるのに消防ポンプで水をかける。

桑原《くわばら》甲子雄《きねお》写真集『東京昭和十一年』に、その様子が撮られています。防護団（のちの警防団）の制服制帽ではりきる男たち、襷掛《たすきが》けでうんざり顔の女たち。

小学校では、全生徒が教室に控え、「空襲！」のベルが鳴りひびくや、それぞれの机の下へすばやくもぐりこんだ。爆風で飛散するものからこうして身を守るつもり。次いで一同廊下へでて整列、右手を前に、曲げた肘に左手を添え、つまり前の子との間合いをとって、校庭へでる。そして校長か、退役軍人の防護団長の訓示を聞いて、おしまいでした。

日が暮れると、家々の灯りが戸外に漏れていないか、防護団員が見張ってまわる。軒並みの商店が、それで商売になるものか。しかし一夜かぎりか、せいぜい二、三日のことだから、てきとうに灯りを落としてつきあっていたのでしょう。

昭和六年九月の満州事変勃発このかた、中国本土のあちこちを空襲してきた経験からだな。どこに街があるか灯りが漏れると、空の上の敵機にたちまち見破られる、とのことでした。そして昭和十二年七月、当時の呼びかたで支那事変の、日中戦争へ突入このかた、灯火管制が日常のことになってきた。

部屋ごとの電灯に黒いカバーをかぶせ、ふだんは白い笠の上にあげておき、いざ、となればサッとおろす。便所の灯りにもかぶせた。カーテンは厚手の、黒地っぽいものにする。そもそも電球が、さきの丸いところだけが透明で、裾は黒い製品も現れた。

前掲の絵にもどります。部屋の様子が、夏でも冬でもない。六年生のときの絵なら昭和十四年の春か秋の、ある日の宵の口だ。当時はまだ空襲などケほどもないが、灯火管制に慣れきった様子ではないか。

ちなみに、空襲警報が現実に鳴り響いたのは、太平洋戦争に突入後の昭和十七年から。ひんぱんに鳴りだしたのは、サイパン島陥落の昭和十九年夏以降。昭和二十年三月、四月、五月の大空襲のあとも、連日B29が偵察にくるから警報の鳴らぬ日はなく、灯火管制下の非常事態が連夜の常態でした。

それが昭和二十年八月十五日の敗戦で、いきなり終わる。灯りも窓もあけっぱなしでいられる。なにもかもあけっぱなしみたいな、あんな解放感の日々は、もう二度とありませんなぁ。

絵にもどります。日々に働きづめの母が、この部屋に座るときは針仕事に決まっていた、ような気がします。針立ての、平らな板のほうを座布団の下に挿し、赤い布を丸めた針刺しを立て、やおら縫い物にかかる。その針の穴に糸を通すのを、やらせてやらせてとせがんで、糸の先をちょっと舐めて通しては手伝った気になるのでした。

母は、小太りで、色白で、丸髷《まるまげ》を結っていた。髪結いのおばさんが、さほど日をおかずに通ってくる。芝のほうから土橋を渡ってくるのをみつけると「カンカおばちゃんが来たよォ」と、子どもらが口々に母に知らせた。

しかしこの絵では、束髪です。やはりもう戦時体制だったのだ。バケツリレーに丸髷ではねぇ。代わりにパーマネントの洋髪が大いに流行った。束髪も洋髪のうちだ。父より一つ年下で、この絵の当時は四十歳になるやならずでした。

黒い座卓で勉強中の兄は、このとき東京市立芝商業学校の、たぶん三年生です。

兄は勉強家でした。昭和十二年春に泰明小学校を卒業するときは、父の意向のままに商業学校へ進んだ。やがて家業の帳場を担うはずの身だもの。教科には「簿記」というのもあり、それに使う定規は、なぜか板ではなくて丸い棒なのだ。けっこう重くて、ふりかざせば喧嘩道具にもなりそうでした。

この二年後に卒業をむかえて、兄は上級校への進学を望んだ。もともと進学のための普通中学校とちがって不利のはずながら、その分を猛勉強でおぎなった。そのときは世田谷区代田の家へ移っていたが、離れの四畳半の、勉強机の畳のところが兄の尻の熱で腐りかけたという。小沢家に語り継がれる伝説のひとつです。そして早稲田大学予科の高等学院に合格した。

灯火管制下でも、やっぱり勉強していたんだ。この黒い座卓は、わが家の上等な家具で、来客用に父が備えたものだが、方便で勉強机にもなっていた。

昭和十六年の夏に引っ越した世田谷の家は、畳敷きの玄関や板の間の台所もふくめて九部屋はあり、黒い座卓は奥の八畳間に据えて、ようやく本来の役目になった。

本棚も同様でした。この絵では、左隅の畳にやや斜めに置かれているが、事実こうだったのにちがいない。壁にぴたりと据えると手前の窓側へはみだして、カーテンの開け閉《あた》てに不便だったのでしょう。

世田谷では、玄関の脇の洋間に据えて、それなりの貫禄になった。このガラス戸棚に、岩波文庫や白水社の翻訳本などを、兄とともに買いならべてゆくのがたのしみでした。

母と向きあい、アブチャンを着てちょこんと坐っている子が、弟の敬三です。兄も私も丸刈り頭だったが、末っ子の弟だけは髪をのばした坊ちゃん刈りでした。それがじつに可愛かった。ちゃんとそのように描かれていて、手前味噌ながらなかなかの写生力ではあるまいか。

この絵が、六年生の昭和十四年に描いたのならば、坊ちゃん刈りのこの子は数えの五歳です。しかしもっと幼くみえるなぁ。

あるいは五年生のときの作品だろうか。昭和十三年ならば、敬三は満三歳になるやならずだ。そのころに描いたのか。そんな気がしないでもないのです。

というのは……。

以下は次章に。あまり長文になりますのも恐縮ゆえ。

最終章　虎屋自動車商会

小学生時代の綴り方の全文十七本と、それに関連する図画のご紹介は、前章をもって終わりました。もうネタ切れです。

十七本の綴り方と図画たちのなかで、たびたび舞台となった虎屋自動車商会と、その一家を、ひとまとめに撮った写真があります。

それをご覧にいれつつ縷々《るる》ものがたって、「私のつづりかた」最終篇といたします。

左掲の写真は、撮影年月日のメモはないが、昭和十三年（1938）四月ごろにちがいない。虎屋自動車商会の消滅にあたり、小沢家が勢揃いの記念写真です。

まずは右から、父と下の妹の節子。母と敬三。兄の義則。上の妹の栄子。そして信男。従兄で住込み助手の小林健一。従姉で女中の小沢美代子です。

車は四台あるはずだが、一台はガレージの中か。まんなかのはやや旧型ながら、左右の二台は当時流行の流線型で、おそらく自慢の商売道具だ。それがよく写るように配置した。

トラヤ
虎屋自動車商會
7718
7894

隣家の松竹理髪店の窓には、「皇軍萬歳」としるした日の丸型のポスターが貼られ、前年暮れの南京陥落当時のご時勢を示す。そして赤白青の広告塔が静止しているのは、開店以前の早朝を示します。

手前は16番の市電のレールで、そのレールの間近、まだ閑散とした朝の大通りに三脚を立てて、この写真は撮影されたのでした。


どうして虎屋が消滅するのか。昭和十二年七月に支那事変（日中戦争）が勃発するや、いきなりガソリンが払底する。統制されてわずかな配給では小店はやっていかれない。木挽町に三十五台をそろえた最大手の川鍋自動車商会を中心に、界隈の業界統合がすすむ。ついに虎屋をはじめ銀座七、八丁目あたりの四店も併合され、七十三台持ちの日東自動車株式会社が発足した。それが昭和十三年四月なのです。

ちなみに、この日東自動車は、敗戦の昭和二十年末に日本交通株式会社となる。そしてこんにちもなお、日本交通の社長は川鍋さんです。創業者から三代目の。

新会社成立の四月当時の、これは撮影なのだ。小沢家一同の身なりも、夏でも冬でもない。秋でもなくて、これは春着です。

というのは信男の左胸にバッジが付いていて、これは副級長の印でした。学期ごとにクラスの選挙できめるのだが、四月からの一学期は伊井義一郎君が級長に、私が副級長に選ばれるのがほぼ恒例で、五年生のこの年もそうでした。

いならぶ一家九人のうち、まんなかの兄が、すでにいちばん背が高い。商業学校の二年生になりたての伸び盛りでした。

前章の図画に、ここでちょっと立ちもどります。あの灯火管制の六畳間にいる母、兄、弟の三人の、これが実物写真であります。似ているでしょう。あるいはこの年に描いたのだろうか、という気がしてくるのだが。

いや、やはり、この一年後の写生なのだろう。兄はよりノッポになり、母は虎屋時代の繁忙が消えて、むしろホッとしていたのだな。灯火管制下ながら。

つまり虎屋は、日東自動車の営業所にはならずに、小沢家の住まいになったままでした。表看板は、角に突きでた「トラヤ」のネオンの文字板をはずした。目立ちすぎるものね。ほかはこのままに過ごした。

車たちは、やがて並木通りの市場跡に日東自動車の大きなガレージができて、運転手ごとそちらへ移った。父も、その営業所や、木挽町の本社へ通うサラリーマンとなり、肩書きだけは取締役でした。

ガレージはがらんどうのまま。事務所もからっぽとなり、父は大工さんを入れて、畳敷きの部屋に改造した。この部屋へ、近所の一組の同級生たちが集まって勉強会やカルタ会に使ったりしました。こうしてなお三年ほどは暮らして、昭和十六年八月に世田谷区代田へ引っ越したのでした。

写真にもどります。表看板の右横書きの屋号の上に、白塗りの大きな板が張ってある。いったいこれはなにか。

じつはこれには「銀座ドライブクラブ」という屋号が、やはり右横書きで書かれていた。せっかく副業に掲げたものの、ほどなく挫折。さきごろ塗りつぶしたばかりの白さなのです。

昭和十年前後のころ、国産の小型車ダットサンが大人気でした。この運転には免許証不要で、多少の心得があればだれでも乗れる。モダンボーイたち向けのレンタル屋が諸処に開業する。父もさっそく飛びついて、早いもの勝ち、ダットサンを三台そろえただけで銀座を代表するような看板をかかげた。

開業にあたり、広告マッチをたくさん作って、銀座通りで配りまくった。一家総出で、もちろん私も勇んで手伝った。そのときの情景もドキドキする気分も、思いだせばよみがえる気がします。

案のじょうお客はついた。けれども、結局は儲けにならなかったのでは。初心者にはベテランの運転手を付けねばならず。常連のモダンボーイたちもけっこう事故を起こしてくれる。当時のダットサンは、いきなりカーヴを切ると、ときにコロッと転げた。電話が入って、また転んだぞと現場へ引きとりに車を飛ばす。

強引な開業ではありました。だいいちガレージは先刻満杯で、ダットサンたちは表通りに路上駐車。横の路地に置きもした。松竹理髪店や大塚自転車店に、さぞや嫌味を言われながら。よくもそれで認可になったものだが、国産奨励の時流には叶った。しかも昭和モダニズムにもぴったり叶った。

そこで「3　カツミ」の章にもどって、二九頁の図画を見なおす。すると、みよ、わが家の表看板にこの白看板が描かれていて、右横書きの末尾の「……ブクラブ」が読めるではないか。あの開業さわぎは昭和十年のことだった。それでこの絵を描いたのか。ガレージの中の車は、営業車が出払ってる空きへ入れたダットサンでもあろうか。

おもうに満州事変このかたの軍需景気が、あのころ昭和モダニズムの最後の華を咲かせていた。エノケン、ロッパ、淡谷のり子、藤山一郎の「東京ラプソディ」。楽し都、恋の都、夢のパラダイスよ、花の東京の「銀座ドライブクラブ」。

父は新事業の開拓期のつもりでいたのだな。とにかく始めて、軌道にのればさらに台数をふやし、ガレージもどこかに工面したかもしれません。

ところが、支那事変が勃発するや「ガソリンの一滴血の一滴」。すべては戦力へ、遊楽に費やすとはなにごとぞ。もはや副業どころか、本業が危うい。

見切りも早くて、ダットサンを手放し、看板を塗りつぶした。この白ペンキの下には、いうならば夢のパラダイスの「東京ラプソディ」が閉じこめられているのでした。


そもそも虎屋は、いつどうしてここに生まれたのか。このさい、やや復習になるが、父の半生を手短に申しあげます。

山梨の山奥の農家の、末っ子の五男坊に生まれた父は、この地でのわが身の行く末に見切りをつけた。高収入を謳《うた》われる新時代の花形の、自動車運転手になるぞと宣言して上京。品川で住込みの新聞配達をしながら、大森の自動車学校に通った。

卒業し、営業所の助手として働きながら、大正九年（1920）ごろに免許証を取得する。実技のほかに、自動車の構造などの筆記試験があり、運転就業規則の全文を暗記しておかないと面接試験で落とされたという。警視庁発行の「自動車運転免許証（特殊免許)」の番号が１２２４号。つまり管下の営業車用ドライバーとして千二百二十四人目だ。その程度の花形でした。ときに数えの二十三歳。

当時は、車の所有者のみが免許証を取れたという。これには便法があったはずで、たとえば営業所のポンコツ車を頭金払ってひとまず譲ってもらい資格を取り、以後は高収入から月賦を納めているうちに、名実ともに一台持ちの運転者になった。

大正十一年に、山梨県勝沼の葡萄作りの農家の娘と結婚。翌十二年（１９２３）九月一日に関東大震災襲来。新妻を実家へしばらく避難させ、自身は陸軍麻布連隊区司令部に雇われ、約三ヶ月働いた。

このときの感謝状が、現に世田谷代田に居住する弟の家の廊下に、額入りで飾られていて、文面が妙に具体的なのですよ。抄出すれば、昼夜を分かたず晴雨を問わぬ劇務のなか「小澤ハ聊モ倦怠ノ色ナク常ニ快活ニシテ奮励努力周到ナル用意ト巧妙ナル操縦トヲ以テ些少ノ故障タモ生セシムルコトナク」しかも余暇があれば「書類ノ印刷発行等ノ業務ヲ手伝ヘリ」その功績は誰もが認めて「謝意ヲ表ス」という次第。

察するにボロ儲けのチャンスを、三ヶ月も軍隊給与に甘んじたことへ、司令部はせめてお世辞で埋め合わせたのだな。しかしこのとき父は、じじつ快活に奮励努力したのではなかろうか。父にかぎらない、当時の運転手諸氏に、ほぼ共通の体験ではなかったか。

話は飛ぶが、上野不忍池の弁天島にたちならぶ碑のうち、本殿の左の池畔に「東京自動車三十年会記念碑」というのがあります。この業界に三十年以上かかわった面々の名が百余名ずらりと碑面に刻まれ、父「小沢義詮《よしあき》」も入っていて、その碑文に曰く。「大正十二年の大震災では、汽車、電車などあらゆる交通機関が途絶した際、自動車のみは大活躍してその機能を発揮し、国民から大きな称賛と感謝を受けた」云々。

昭和五十年（1975）の建立で、いかにも手前味噌ながら。高収入めあてに多年を過ごしてきたみなさまが、あのときこそは世のため人のために汗水流したなぁ、と半世紀を経てもなお共通の誇りにした。そういうことでしょう。

震災直後は朝鮮人の大量虐殺と、無政府主義者暗殺などの陰惨な事件が渦巻いたが。焦土から復興の明るい足取りもあった道理でした。

四ヶ月目からは、おそらく父も稼ぎまくった。おかげでほどなく名実ともに一台持ちの運転者になれた。そういう一台持ち同士が寄り合って独立の店をつくってゆく。虎屋自動車合資会社もその一例で、四人で設立した。大正十三年十一月でした。

当時、土橋際《きわ》のここらは丸屋町といい、道幅も狭かった。その西裏通りに建ちならぶバラックの手ごろなのを借り、ガレージに改装して看板をかかげたのでしょう。するとそこへ帝都復興の都市計画がやってきた。西裏通りはいきなり幅二十八メートルの、こんにちの外堀通りに化けて、それまで西の堀端を通っていた市電のレールが、まっすぐにここに敷かれる。

通りの東側が、大幅に削られた。大通りに面するのは稼業にぜったい有利だから、虎屋もなんとかバックして割り込まねばならない。そのすったもんだへ重ねて、昭和二年（１９２７）の金融恐慌がおこり、次いで世界恐慌へ。

「おまえが生まれたころは、それは不景気でなぁ」私の誕生に話がおよぶたびに、父は嘆息まじりにこうつぶやく。私になんの責任があるものか。ぷっとむくれて、ついこの時分のことをまともには聞きはぐれたのですが。

要するに、合名会社の四名のうち三名が、このダブルパンチに嫌気がつのった。いっそ自家用車の運転手に雇われたほうが気楽だぞ。故郷《くに》へもどってトラック稼業でもやるか。手放す車を、父はつぎつぎに借金しては買いとった。

こうして個人営業の虎屋自動車商会が、この地に出現した。それから職住合体へ改築をめざした。

大震災から七年目の昭和五年三月に、帝都復興祭が催された。同月に銀座の三十二町が、銀座八丁へ整頓される。丸屋町、八官町、日吉町あたりはまとめて銀座西八丁目へ。そうして同年、この三番地三号に、前掲の写真の総トタン張り、ガレージに住居付きの独創的な二階家が落成した。

そのくせ借地の借家でした。老舗の履物屋と、関西料理店の地主と家主に、代金を父の名代で息子の私が届けたことがあります。たいした金額ではなかったのでしょうが、そのときもふしぎに思った。よほど地上権が強かったのか。はるか後年に知ったことだが、あの八階建て本建築の松屋や松坂屋デパートにさえ、保険会社の家主がいた。当時はそういうものらしいのでした。

父は、やがて本籍を山梨からこの地に移した。ここに根を据え、骨を埋め、稼業を子孫に伝えるココロだったのか。ときにこんなことを言った。「うちの本籍は、ほんとうはあの道路の上なんだ」

西裏通りの一角に、合資とはいえ独立のしるしの虎屋の看板を、はじめてかかげたときこそが、裸一貫で上京してより達成のひとつの峠。その峠が父の目には、電車道の上に見えていたのでしょう。

震災直後は、焼け残りの芝区芝浦に下宿していて、大正十三年九月にそこで長男が生まれた。やがて芝区南佐久間町の二階家に移って、そこで昭和二年六月に次男が、同五年一月に長女が生まれた。そして銀座西八丁目に来てから、同七年四月に次女が、同十年十月に末っ子の敬三が生まれたのでした。

ここに職住合体の、総トタン張りの虎屋自動車商会を建てたときが、二つ目の峠であったか。それが、わずか八年後に落城しようとは、たぶん夢にも思っていなかった。せめてはその姿を、記念撮影しておかずにはいられないではないか。

撮影は、江木写真館にお願いした。電車道をへだてたお向かいにあった有名店です。五階建てほどで、土橋際の壁が丸く、モダンで明るい、界隈でも目立つビルディングでした。現在は静岡新聞東京支社の、奇妙な黒っぽいビルのあるところです。

わが家のお得意様でもありました。このときは技師が、朝から三脚を路上へもちだして撮ってくださった。

ときたまはビルの中のスタジオへゆき、記念撮影をおねがいした。母の兄の一家が満州撫順《ぶじゅん》からはるばる訪れてきたときも、両家そろって正装で。

そのときソファのならぶ控え室で、壁にかかげた鋭い目つきの紳士の写真をみあげて、父がささやいた。「この人は偉いお方でなぁ。軍人を叱る演説をして、代議士をクビになったんだ」

斎藤隆夫の肖像写真でした。かねがね軍部の専横と、迎合する政党の弱腰を批判していた斎藤は、昭和十五年二月に衆議院本会議で「支那事変処理を中心とした質問演説」をした。いわゆる反軍演説の、その内容は新聞が伝え、外国にも知られた。翌月、代議士を除名になる。だが二年後に、大政翼賛会が推薦候補をならべた総選挙では、非推薦ながら兵庫県但馬《たじま》の地元でみごとに最高点当選、復職した。

ということは後年に調べて知ったまでです。そのときは、なにかショックをおぼえたのだな。戦争に反対する人がいて、その人の写真を、こうして堂々と応接間に飾っているお店があるんだ。父も尊敬しているんだ。でも、そのお店のなかで、息子にむかって、どうしてお父さんは声をひそめるんだ。

いまにしておもうに、それが自主規制ではないか。その自主規制の大群を、時流というのだろう。こういう父を、敬うべきか、逆らうべきか。

このとき私は、すでに中学生でした。昭和十五年春に泰明小学校を卒業して、東京府立第六中学校に入学した。満州の伯父一家の来訪は、その年の秋ごろでしたか。

この進学のコースも、父にはやや不本意なのでした。卒業がちかづいてクラス担任の先生が、父兄たちと面接してゆく。父の番がきて、帰宅すると、不機嫌そうに黙っている。どうだったのとしつこくたずねると、ようやく口をひらいた。工業学校へ上げたいと父が言うのに、高野茂家先生は、普通中学への受験をつよく勧め、とうとう説得されてもどってきたのでした。

父の望みは、かねて承知です。長男に帳場を受け持たせるべく商業学校へ。次男はガレージの現場で立ち働くべく工業学校へ。そして虎屋自動車商会は発展してゆく。ところが、その虎屋がもう消えているのだから、いかがなものか。あるいは、戦争がかたづいたならば虎屋の復興を、ぐらいの腹づもりが父にはあったのではなかろうか。しょせんは夢にせよ。

その夢が、はやくもほころびた。父の重い口吻《こうふん》から察するに、あなたの息子は工業よりも文業に向いていると、どうやら高野先生は語ったらしいのでした。

あのとき工業学校へ進んだならば、それなりのむしろ異色な変化は伴いつつ、しょせんは似たり寄ったりの人生でしたろう。あの日より幾十星霜。山あり川あり谷間あり、トンネルの闇をくぐって広野原もあったりして、そうしてこんにちもなお、このような文を綴っております。

語ってゆけばきりもなし。ここらでやめます。お読みいただき、ありがとうございました。そして、高野先生、お父さん、ありがとう。

あとがき

この作品は、芸術新聞社のウェブページに連載しました。平成二十六年（２０１４）八月から、月々に十九回、つまり一年と七ヶ月かけて、平成二十八年（２０１６）三月に完結した。

はじめての経験です。雑誌、新聞、書籍などの確かな媒体ではない、手にも取れない妙なものへ文章を、しかも連載で書こうとは。

この初体験へ、再三お誘いくださったのは芸術新聞社の社主相澤正夫氏です。当座は尻込みしながら、はてな、あんがいに勝手なことができるのかも、と膝が乗りだした。

小学二年生当時の綴り方、などという大むかしのゴミをひと束、いまさら活字にするのはおこがましいかもしれないが。そんな遠慮は無用ならば、いっそこれをネタにはできまいか。じつは図画もひと束あるのですが。

すると担当編集者の渡辺俊彦氏が、ちょっとお借りしますと持ち去って、たちまちデータ化してこられた。オールカラーで毎回一、二枚を載せて、綴り方と図画の二本立てでゆきましょうや。ウェブページならば造作もないご提案らしいのでした。

こうして昭和十年当時と、平成のこんにちを、月ごとに往復する作業がはじまった。八十年前の遠足や徒歩会の現場を、あらためて歩いてもみた。小石川植物園、代々木八幡宮。ときに渡辺氏とも連れ立って。

毎回、どの絵を載せるかは氏の判断で、それに従って文章を添えた。本書で二段組みのところです。つくづく著述は、編集者との共同制作でありますなぁ。相澤氏たちに出会わなければ、この作品は、おそらく生まれず仕舞いです。

老来、おとといのことさえポロッと忘れてけっこう平気でいられて、それなりに味わいですが。ボケ加減とひきかえに幼少期のあれこれが、たぐりよせれば甦ってくるふしぎ。わりあい気楽にそれを書き綴ってこられたのも、ウェブページなればこそか。おかげさまでした。


さて、そうして、本書です。これがどうして筑摩書房から刊行されるのか。

芸術新聞社は、とりわけ書道・美術方面に詳しい老舗の出版社です。ウェブページに連載のものも次々に刊行してはおられるが、長期計画の按配らしい。いっぽう、拙作の連載をときには覗いていた知友たちに、あれはいつ本になるんだ、と催促される。終わってホッとしていて、すぐにはどうにもならないさ。と答えているうちに、脳裏に歌声がきこえてきた。いのちみじかし急げよおいぼれ。

それはそうだな。そこで旧知の松田哲夫氏に、こんな原稿があるのですが、とお届けした。多年拙著の数々を手がけてくださったご縁を頼りに。すると、委細を省略すれば一瀉千里にこうなりました。芸術新聞社のご海容に感謝します。

筑摩書房との多年のご縁にも、あらためて感慨、感謝です。この場で縷々語ることでもないが多少を申しあげれば、松田氏の担当で平成十二年（2000）刊行の『裸の大将一代記』は、桑原武夫学芸賞を頂戴した。長嶋美穂子氏の担当で平成二十一年（2009）刊行の『東京骨灰紀行』は、翌年四月に朝日新聞「ゼロ年代の50冊」の八位に選ばれた。筑摩の方角へ足をむけては寝られないな。

だが、その長嶋氏が、いまや浪曲界の名花玉川奈々福に変身されて、筑摩とのご縁もこれっきりか。とはならないでこのたびは、担当に若手の河内卓氏が現れました。そして共に、横のものを縦にする作業にとりかかった。ウェブページは横書き。本書は縦書き。ほぼおなじ文章にせよ、それはもう違うのですよ。横と縦ほどにも。はやい話が、行空きがガラリと違う。いきおい諸処を推敲しました。

図画も、オールカラーとは参らない。その代わりに写真を増やそう。やはり現場をたしかめましょうよと、河内氏がつぎつぎに繰りだすアイディアにひきずられ、いったい何十年ぶりだろう、母校の泰明小学校を訪れた。副校長先生のご案内で全階を屋上まで、くまなく見学。雨天体操場と上階の講堂を、裏側でつなぐ階段があるなんて、在学中は知らなかったぜ。なつかしくめずらしく、長生きはするものですなぁ。

さらには主なる舞台の銀座西八丁目界隈の、当時の地図を描きなさい、という提案にも、つい乗った。すると思いのほかに処々方々が空白だらけ。もはや忘却のかなたへずぶずぶ沈みかけている街並みの、せめての残像とお笑いください。

という次第で、ただいま私にもっとも親しく手ごわい友人は、三十代で独身の河内卓氏であります。こうして多くの方々とともに仕上げました本書を、江湖のみなさまにお届けします。おたのしみいただけましたならば幸いです。

小沢信男

二〇一七年一月九日　成人の日に

昭和五年三月に撮影の、都市計画で拡幅された西銀座通り（現・外堀通り）を一望の写真です。市電を左の堀端から移設したばかり。新品の土橋界隈が仕上げの工事中でした。

左の丸壁のビルが江木写真館。右に三階建ての正金商事と、日吉ビルも少しみえる。

福光商会の屋根から三つ向こうの屋根の隙間に、物干し台がかすかに見えるのが、わが家です。この物干し台から新橋駅の高架のプラットホームが望めた。そのホームから望遠レンズで撮ったのだろうか、この写真は。

ここで物心ついたときには、角の福光商会はガソリンスタンドになっていました。

（写真提供：共同通信社）

わが家のならびのたくみ工芸店は、まさにこの姿でした。昭和八年（１９３３）十二月に、本日開店の記念写真でしょう。冬枯れのニセアカシアの街路樹や、街灯の立ち姿も、なつかしい。

向かって右は奥山商会。二階建ての小柄ながら本格的なビルでした。

左隣は蕎麦屋の利久庵。一見ビルのようだが、いわゆる看板建築の表面だけで、実体は木造の、おおかたトタン屋根なのだ。こういう家並みと、街灯と、街路樹はこの間隔で、ずらりと続いていた、とお察しください。

手前は16番の市電の線路と、その石畳。歩道は、四角いセメント板の石畳です。時刻はやはり朝だろう。蕎麦屋の暖簾はでているが、配達用の自転車は待機中だ。

これも西八丁目の有名店江木写真館の撮影かもしれません。虎屋自動車商会（１７７頁）の写真は閉店記念で、これは開店記念の大違いながら、どこか似たようなものかもしれぬ。つなげてご覧ください。

（写真出典：『民藝』二〇一四年四月号）

わが家の裏通りの、紙芝居風景です。時は昭和十四年夏の、昼下がり。料理屋の奉公人さんたちがひと息入れられる時刻です。子供らの後ろから、窓越しに、只見《ただみ》をしている。

子供らは一銭で駄菓子を買うのが入場料で、そもそも子供の劇場だから、大人と幼児はオマケみたいなものでした。一番前で真上を見あげているチビも、たぶん只の組。

このチビが、じつは弟の敬三でして、満三歳ぐらいかな。とすれば昭和十四年、という推定です。左端の少女が、上の妹の栄子で、弟の付添いという風情だな。

撮影者は、表具師の小西さんです。明治中期からこのあたりに表具師小西五兵衛のお店があって、その後継ぎ。当時、写真はおおかた裕福な商家の道楽息子たちの趣味で、嵩じて本業になったのが、木村伊兵衛、桑原甲子雄という方々でしょう。

一方に家業大事のアマチュア写真家たちもいて、そのお一人でした。たぶん小西家の二階から撮ったこの写真は、傑作ではあるまいか。私が描いた地図ではやや位置がズレるが、そこらはきびしく詮索しないでください。

校舍正門

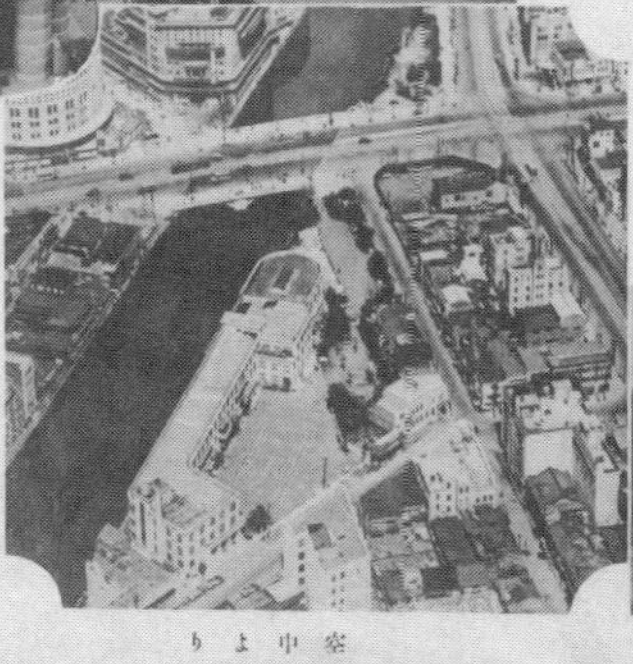

窓中より

久保田校長

校舍背面

昭和十五年三月の「泰明小学校卒業記念写真帖」の一頁です。校舎正面の壁に蔦が這っていないので、昭和四年（１９２９）に落成からほどない頃の撮影でしょう。

校舎背面はごらんの通りに堀端すれすれでした。全体は三階建て、手前の丸壁のあたりが、上は講堂、下が雨天体操場です。

俯瞰写真は、ほぼ時期が推測できる。数寄屋橋のむこうに朝日新聞社と、日劇がみえるが、この日劇の落成開場は昭和八年末でした。そして数寄屋橋交差点の手前角が、まだ空地だ。ここに八階建てのマツダビルが、どっしりとそびえ建ったのが昭和九年。当時のビルディングはお手軽にできはしない。日劇はまだ内装工事中の車が出入りしている様子だ。そこでこの空撮は昭和八年の夏か秋の日曜日。泰明小学校の校庭にも屋上にもまったく児童の影がありませんもの。

なお、数寄屋橋の南袂《みなみたもと》の黒い屋根は、有楽タクシーにちがいない。75頁をご参照ください。

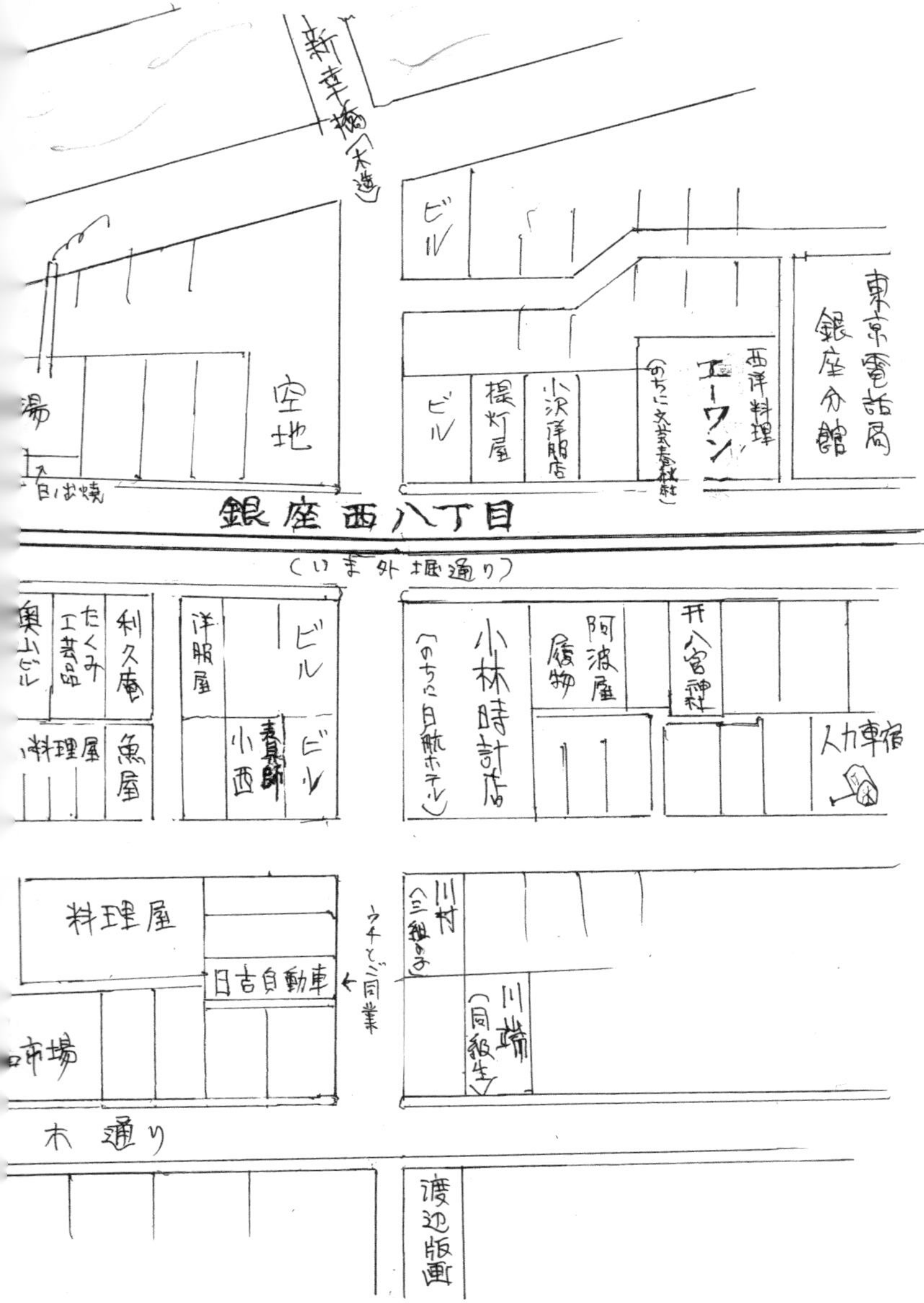
新幸橋（木造）
ビル
東京電話局銀座分館
西洋料理
エーワン
（のちに文芸春秋社）
小沢洋服店
提灯屋
ビル
空地
湯
日の出焼
銀座西八丁目
（いま外堀通り）
奥山ビル
たくみ工芸品
利久庵
洋服屋
ビル
小林時計店
（のちに日航ホテル）
阿波屋
履物
八官神社
人力車宿
料理屋
魚屋
小西
表具師
ビル
料理屋
日吉自動車
ウチとご同業
川村
（三組の母）
川端
（同級生）
市場
木通り
渡辺版画

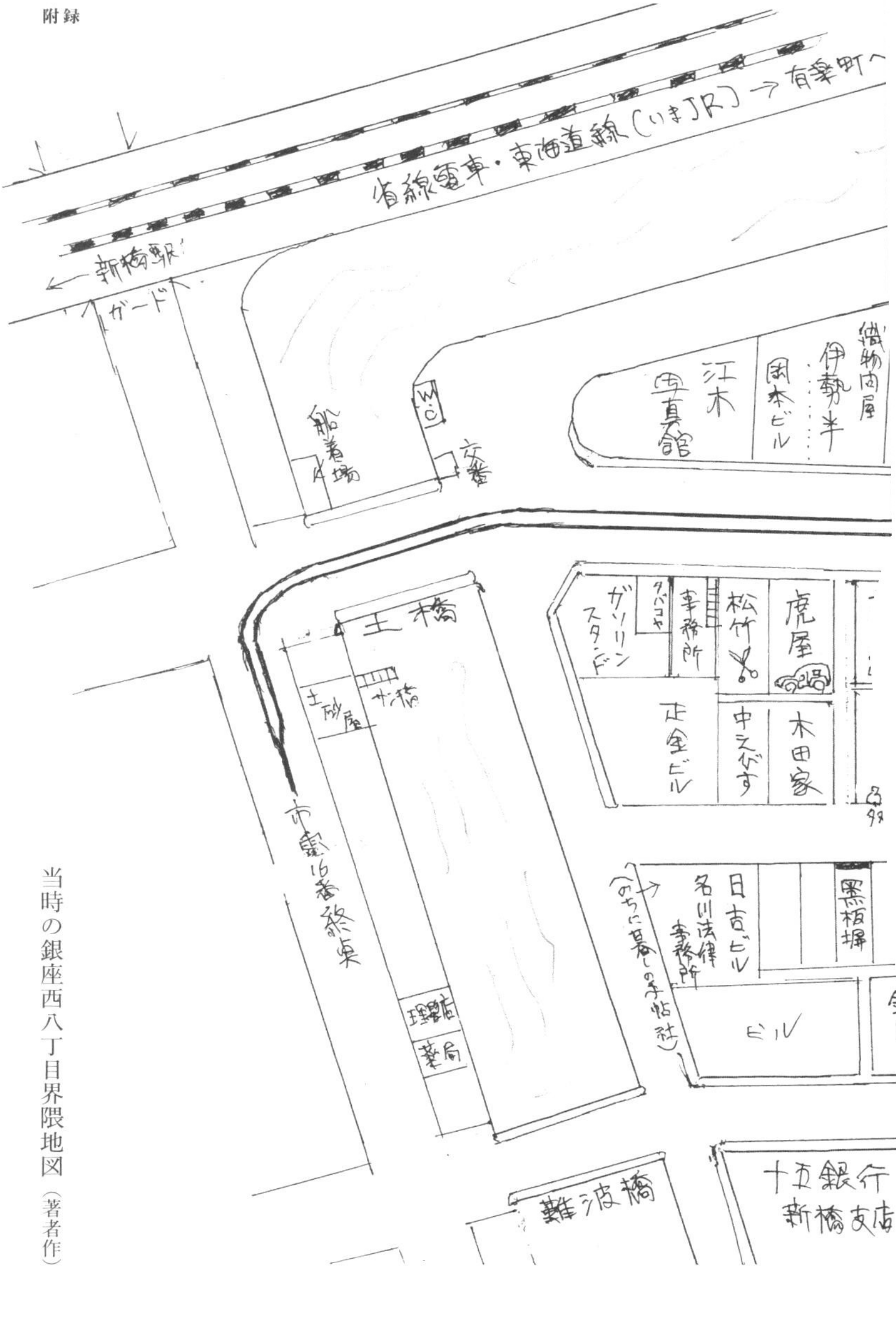

当時の銀座西八丁目界隈地図（著者作）

デザイン　tetome　中村道高＋五十嵐哲夫

小沢信男（おざわ・のぶお）
一九二七年生まれ。東京・銀座西八丁目育ち。日本大学芸術学部卒業。大学在学中の五二年、『江古田文学』掲載の「新東京感傷散歩」を花田清輝に認められ、五三年に「新日本文学会」に入会。以後、小説、詩、俳句、評論、エッセイ、ルポルタージュなど多ジャンルにわたり文筆活動を行う。著書に『東京骨灰紀行』『裸の大将一代記』（筑摩書房）、『俳句世がたり』（岩波書店）、『通り過ぎた人々』（みすず書房）、『捨身なひと』（晶文社）などがある。

私《わたし》のつづりかた——銀座《ぎんざ》育《そだ》ちのいま・むかし

二〇一七年二月二〇日　初版第一刷発行

著者　小沢信男
発行者　山野浩一
発行所　株式会社 筑摩書房
東京都台東区蔵前二—五—三
〒一一一—八七五五
振替〇〇一六〇—八—四一二三
印刷・製本　凸版印刷株式会社

ISBN978-4-480-81535-4 C0095

乱丁・落丁本の場合は、左記宛にご送付ください。
送料小社負担でお取替えいたします。
ご注文・お問い合わせも左記へお願いいたします。
筑摩書房サービスセンター　電話番号〇四八—六五一—〇〇五三
さいたま市北区櫛引町二—六〇四　〒三三一—八五〇七